■
일공일삼·114

호랑이를 부탁해

1판 1쇄 찍음— 2025년 2월 7일, 1판 1쇄 펴냄—2025년 2월 14일
글쓴이 설상록 그린이 메 펴낸이 박상희 편집주간 박지은 편집 장은혜 디자인 이지인
펴낸곳 (주)비룡소 출판등록 1994. 3. 17.(제16-849호)
주소 06027 서울시 강남구 도산대로1길 62 강남출판문화센터 4층
전화 02)515-2000 팩스 02)515-2007 홈페이지 www.bir.co.kr
제품명 어린이용 반양장 도서 제조자명 (주)비룡소 제조국명 대한민국 사용연령 3세 이상

호랑이를 부탁해

설상록 장편동화 · 메 그림

비룡소

| 차례 |

1부 일시 정지

2부 우연과 우연

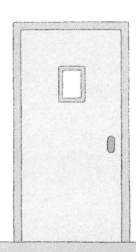

눈앞에 펼쳐진 광경을 보고도 무슨 일이 벌어진 건지 알 수가 없었다. 누군가 나를 화면으로 지켜보고 있다가 일시 정지 버튼을 누른 것처럼, 내 주변의 모든 것이 멈췄다.

일시 정지

1
사건의 시작

'가방 놔두고 얼른 협의실로 가서 달걀 만져야지.'

우리 반에서는 요즘 달걀을 부화하는 실험을 하고 있다. 따뜻한 온실을 만들고, 그 속에 달걀을 넣고 부화할 때까지 기다리는 실험이다. 물론 가만히 놔둔다고 달걀이 저절로 병아리가 되는 건 아니다. 이게 은근히 손이 많이 간다. 온실 속 온도는 물론이고 습도도 적절히 유지시켜 줘야 하고, 달걀이 골고루 따뜻해지도록 조금씩 요리조리 돌려 주기까지 해야 한다. 우리가 어미 닭이 되어야 하는 셈이다.

나는 조금 전까지만 해도 아침 일찍 아무도 없는 교실에 들어가 따끈따끈한 알을 만질 생각에 들떠 있었다. 달걀을 돌려 주는 일은 우리 반 아이들 누구나 하고 싶어 했다. 하지만 반장 고은별은 순번을 정하고 정해진 사람만 달걀을 만질 수 있게 했다. 어제 내가 한 번만 만져 보게 해 달라고 졸랐지만, 고은별 은 딱 잘라 안 된다고 했다. 그래서 오늘은 부화기 속에 있는 달걀들을 내가 제일 먼저 가서 돌려 줄 생각이었다. 아주 잠깐, 10초 정도는 내 손바닥으로 따뜻하게 해 줘도 될 것 같았다.

'고은별 네가 아무리 그래 봐라. 일찍 가서 내가 실컷 만질 거 다.'

나는 신나게 학교로 향했다. 5학년 4반. 새로운 교실에서 생 활한 지도 벌써 한 달이 지났다. 이제는 익숙해진 교실 신발장 앞에서 신발을 아무렇게나 툭툭 차 넣고, 실내화로 갈아 신고 몇 번 바닥에 콩콩거리며 교실에 들어갈 준비를 마쳤다.

달걀 부화기는 선생님들이 모여서 회의하는 곳인 5학년 협 의실에 있다. 우리 학교는 안전을 위해 밤에는 교실에 전기가 끊어지지만 협의실에는 24시간 전기가 들어온다고 했다. 밤에 도 어미 닭 품처럼 38도의 따뜻한 온도를 유지시키기 위해서 우리 반 아이들은 알을 담은 부화기를 5학년 협의실에 두었다.

들뜬 마음으로 교실 문을 막 열고 들어갔는데 교실이 이상했다. 책걸상도 어지럽게 흩어져 있고, 준비물들도 바닥에 떨어져 있었다.

"뭐야, 어제 당번들 청소 제대로 안 했나 보네. 선생님께 다 일러야겠다."

아무도 없는 교실이 어색해서 일부러 소리 내어 중얼거렸다. 혼잣말을 하려니 괜히 목소리가 개미만 하게 나왔다. 내 자리에 가방을 두고 교실을 다시 둘러보니 교실은 그냥 청소를 안 한 정도가 아니라 난장판이었다. 교실 이곳저곳에 흰색 물감이 뿌려져 있었다. 넘어진 책걸상은 물론이고 교실 바닥과 선생님 책상에도 물감이 튀어 있었다.

'뭐지? 지난번 미술 시간에 썼던 아크릴 물감 같은데?'

미술 시간에 선생님이 대용량 아크릴 물감을 조별로 짜서 나눠 주시던 기억이 퍼뜩 떠올랐다. 준비물 바구니를 보니 아니나 다를까 아크릴 물감이 찌그러진 채 뒹굴고 있었다.

"뭐야! 누가 이런 거야?"

화나고 당황한 마음에 버럭 소리를 쳤다. 이번에는 나도 깜짝 놀랄 만큼 큰 소리가 나왔다. 누가 들으라고 한 소리가 아니라 그냥 정말 놀라서 큰 목소리가 나왔던 거다. 그 순간 복도에서 다다닥 다급하게 뛰는 소리가 들렸다. 급히 교실 문을 열어 보니 저 멀리 복도 끝에서 검은 모자를 쓴 그림자가 6학년 교실 쪽으로 뛰어가고 있었다. 내가 방금 지른 소리에 놀라서 달아나는 것 같았다.

'범인이다!'

평소 「명탐정 코난」을 즐겨 본 내 본능이 말했다. 저기 뛰어가고 있는 저 검은 모자가 우리 반을 어지럽힌 범인이 틀림없다고.

'뛰어가서 잡아야 하는데, 아니 가서 얼굴이라도 확인해야 하는데……'

생각은 한가득이었는데 다리가 움직이지 않았다. 복도에서 달리기라면 누구에게도 지지 않을 자신이 있는 나다. 전담 시간 음악실, 어학실을 왔다 갔다 하며 우리 반 아이들과 레이스를 펼치면 1등은 항상 내 차지였다. 피구도, 축구도, 줄넘기도 만능인 노하민조차 복도에서만은 나를 이기지 못한다. 선생님께 혼나지 않게 발소리도 죽이며 빠르게 뛸 수 있는 난데, 왜 다리가 안 움직였는지 모르겠다.

그때 교실에 지수진이 들어왔다. 5학년이 되고 한 달이 지났는데도 목소리를 몇 번 못 들어 본 애다. 평소에 이야기도 잘 하지 않고 쉬는 시간에도 여자애들하고만 놀아서 그냥 조용한 애라고만 생각하고 있었다. 그리고 이건 나만 아는 비밀인데 노하민이 지수진을 좋아한다. 일부러 본 건 아닌데 노하민이 연습장에 '지수진♡노하민'이라고 적어 놓고, 이름 점을 본 흔적을 봤다. 수학 시간에 연습장이 없어서 노하민한테 한 장을 찢어서 받았는데, 앞 장에 글씨를 눌러쓴 흔적이 거기에 살짝 남아 있었다. 나는 사건을 수사하듯 연필을 눕혀서 몇 번 쓱쓱 칠해 보고 두 이름을 확인한 후에 다른 친구들이 보지 못하게 종이를 서랍 속에 숨겼다. 친구의 짝사랑을 소문낼 만큼 내 우정은 가볍지 않기 때문이었다.

"앗! 이게 뭐야! 교실이 왜 이래? 물감, 이우주 네가 그런 거야?"

항상 조용하던 지수진이 목소리를 그렇게 크게 낼 수 있다는 걸 처음 알았다.

"아냐. 나도 방금 왔고, 이미 이렇게 돼 있었어. 근데 방금 범인이 저기로 뛰어갔어!"

"범인 봤어? 어떻게 생겼어?"

"아…… 아니, 얼굴은 못 보고 뛰어가는 뒷모습만 봤어. 근데 검은 모자를 쓰고 있는 건 확실히 봤어."

"응? 검은 모자라고? 나도 방금 누가 저기로 뛰어가는 거 보긴 했는데……. 검은 모자가 범인인 건 어떻게 안 거야? 수상한데……. 너 왜 이렇게 일찍 학교에 왔어?"

"어? 어…… 나는 다, 다, 달걀! 달걀 돌리려고 일찍 왔지. 오늘 우리 조가 당번이야."

바보같이 범인처럼 더듬으며 말하고 말았다. 평소에는 말 한마디 안 하던 지수진이 매서운 눈빛으로 쏘아보며 물으니 당황할 수밖에 없었다.

"나도 애들 없을 때 달걀 만져 보려고 일찍 왔는데, 이게 뭔일이니? 물감 닦으려면 진짜 힘들겠다. 그럼, 뒷수습은 다른 애들이랑 선생님 오시면 하고 우리는 달걀 돌리러 가자."

지수진 말에 얼른 정신을 차리고 협의실로 향했다. 교실에 뿌려진 물감이 내내 찝찝했지만, 지금이 아니면 달걀을 실컷 만져볼 수 없다는 생각에 발걸음은 점점 빨라졌다. 원래 선생님들만 이용하는 곳이라 그런지 막상 문 앞에 서자 문을 열기가 좀 망설여졌다.

"야, 이우주, 문 안 열고 뭐 해. 내가 열게. 나와 봐."

지수진이 내 앞으로 끼어들더니 조심스럽게 협의실 문을 열었다.

끼이이익.

조용한 학교에서 문 열리는 소리가 복도에 크게 울렸다. 그리고 그 소리가 끝날 때쯤 우리 둘은 그대로 멈췄다.

일시 정지.

그 순간 모든 세상이 멈췄다. 내 생각도 멈췄고, 지수진도 멈췄고, 나도 멈췄다. 우리 세계를 보고 있던 누군가가 일시 정지 버튼을 누른 것마냥 모든 것이 한순간에 멈췄다. 아무것도 움직이지 않았고, 내 머릿속은 새까맣게 변해 버렸다.

내 눈앞에는 "5학년 4반 관계자 외 만지지 말 것!"이라는 경고문이 적힌 달걀 부화기가 있었다. 그리고 그 부화기 주변에 달걀이 깨진 채 떨어져 있었다. 마치 교실에 아무렇게나 뿌려져 있던 흰 물감처럼, 부서진 달걀 껍데기와 일주일 동안 부화기에 들어 있었던 달걀 속 액체가 비릿한 냄새를 풍기며 바닥에 흩뿌려져 있었다.

2
21일간의 프로젝트

우리 담임 선생님은 내 기준에서 좀 이상한 사람이다. 물론 내가 선생님을 나쁘게 말하는 건 아니고…… 그냥 좀, 선생님은 만화에 나오는 괴짜 과학자 같다. 머리는 항상 부스스하고 실험복같이 생긴 하얀 코트를 자주 입고 다니신다. 선생님은 실험복이 아니라 트렌치코트라고 하셨는데, 누가 봐도 실험복이었다. 그 실험복의 효과인지는 잘 모르겠지만 다른 수업은 그냥 그런데 과학은 엄청 재밌게 가르쳐 주신다. 근데 이것만 가지고 선생님을 이상하다고 이야기하는 건 아니다.

우리 선생님의 제일 특이한 점은 뭘 물어보면 잘 안 가르쳐 주신다는 거다. 그래서 우리는 아직 선생님 나이도 모른다. 물어보면 맨날 스무 살이라고 그런다. 양심도 없으시지. 나이는 그렇다고 치자. 선생님도 숨기고 싶은 사생활이라는 게 있을 테니까. 그런데 수업 시간에 궁금한 걸 물어봐도 "너네가 알아봐." 라고 하신다. 선생님이면 학생들이 궁금한 걸 알려 줘야 하는 거 아닌가? 그래서 인터넷에 찾아보려고 하면 "어허, 수업 시간에 누가 휴대폰 꺼내나?" 하면서 알아보지도 못 하게 한다. 진짜 이상하지 않나?

그런데도 우리 반 애들은 포기하지 않고 선생님한테 질문을 한다. 사실 우리 반 애들도 나 빼고 좀 이상한 편이다.

"선생님! 이진경이 더럽게 코 파요. 코 파지 말라니까 자기는 손 깨끗하게 씻어서 괜찮대요. 선생님! 손 씻었어도 코 파는 건 더럽잖아요?"

노하민은 진짜 엉뚱하다. 이 질문에는 선생님이 답하지 않아도 인정이다. 그런데 곰곰이 생각해 보니 코딱지를 빼내려는 손이 더러운 건지, 애초에 코딱지가 더러운 건지 갑자기 헷갈렸다. 진짜 이진경 말대로 손 씻고 코 파는 건 괜찮은 건가? 나는 그냥 그 행동을 보고 더럽게 느끼는 건가? 자존심 상하지만 나도 갑자기 노하민이 한 질문의 답이 궁금해졌다.

"글쎄? 근데 더러운 게 뭐냐?"

선생님은 이런 식이다. 답은 안 알려 주고 우리에게 꼭 다시 물어본다. 잘 모르니까 대답하기 싫으신 게 분명하다.

"아, 선생님. 더러운 건 안 깨끗한 거죠. 그러니까……."

하민이는 말문이 막혔다.

"선생님, 이 경우에는 노폐물 덩어리인 코딱지가 우리 몸속에 있는 게 해로운지, 아니면 코딱지를 빼내려는 손가락에 묻어 있는 병균이 몸에 들어오는 게 해로운지가 중요한 것 같습니다. 따라서 더럽다는 건 어디에 병균이 더 많냐, 이 이야기입니다."

코딱지를 파던 이진경이 이어서 말하자 우리 교실은 전부 웃느라 뒤집어졌다. 딱 한 사람, 선생님만 빼고.

"근데 그걸 보는 사람은 손이 더러운지, 코딱지가 더러운지는 상관이 없을 테고, 그걸 보게 되는 것 자체가 불쾌한 거겠지? 그런데 코딱지랑 손가락 둘 중 어디에 병균이 더 많을 것 같아?"

이런 식이다. 분명히 이진경은 친구들을 웃기려고 한 말인데

선생님은 하나도 안 웃는다. 그리고 질문에 답은 안 하고 다시 우리한테 물어보기만 한다. 이제 내가 우리 반 선생님이 좀 이상하다고 한 게 이해되지?

"코딱지가 아닐까요? 코딱지는 더럽잖아요. 우리 몸에서 필요 없는 노폐물이 나오는 거니까. 그게 병균이 많다는 뜻 아닐까요? 아…… 아닌가? 매번 손에 병균 많다고 손 씻으라고 배우는데……."

고은별이 말했다. 아, 반장 고은별도 좀 이상하다. 우리 선생님이랑 비슷한 느낌이다.

"좋아. 그럼, 코딱지랑 손 중에 어떤 게 더 더러운지 알아내려면 어떻게 해야 하지?"

아무도 말이 없었다. 사실 하민이는 그냥 이진경이 코 파는 모습을 보고 더럽게 느낀 건데, 선생님은 어느 게 더 더러운지를 이야기하고 있었다. 이제 내가 나설 차례다. 이 이상한 사람들 속에서 나 혼자 정상으로 있으면 나만 이상한 사람이 되어 버린다. 외눈박이 나라에서는 양 눈을 뜨고 있으면 그게 이상한 거 아닌가? 그래서 나도 이상한 사람이 되어서 이 질문에 어울려 주기로 했다.

"세균 배양?"

우리 집에 있는 과학 백과사전 책을 열 번도 넘게 읽은 나다. 물론 긴 글은 안 읽고 사진이랑 만화만 봤지만 말이다. 백과사전 세균 편에서 현미경으로 확대한 사진이 불현듯 머릿속에 떠올라 반사적으로 대답했다.

선생님은 내 말에 고개를 끄덕이더니 말씀하셨다.

"그럼, 너희가 한번 세균 배양해 볼래?"

선생님은 점심시간이 지난 뒤 과학 시간에 쓰던 페트리 접시에 동그란 종이 두 개를 넣어서 가져오셨다. 종이에는 각각 오늘 날짜와 코딱지, 손가락이라고 적혀 있었다.

"일주일 정도 지나면 여기 세균이 번식할 거다. 어디에 세균이 더 많이 생기는지 관찰해 봐."

과학 시간 실험이라면 소리를 지르며 좋아하던 우리 반 아이들이 이번에는 머뭇거리며 선생님 눈치를 봤다. 노하민은 선생님이 가져온 종이를 한 번 힐끔 보더니 얼굴을 찡그리기까지 했다.

"선생님, 혹시 종이 위에 코딱지를 발라 놓으신 건가요?"

모두가 궁금해하고 있었지만, 아무도 확인하고 싶지 않았던 그 질문을 내가 용기 내서 했을 때, 선생님은 고개를 끄덕이며 대답했다.

"정확히는 코딱지를 물에 녹여서 발라 둔 거지."

질문 하나 잘못했다가 일주일 동안 코딱지를 보게 생겼다. 둥근 종이 위에 우둘투둘한 뭔가가 보이는 것도 같았다. 자세히 살펴서 관찰 일지도 써야 했다. 이건 전적으로 처음 질문한 노하민 탓이었다. 같은 생각을 했는지 몇몇 친구들이 노하민을 노려봤다. 이 와중에 고은별은 눈빛이 반짝이고 있었다. 얘도 정말 특이하다는 생각이 들었다.

항상 이렇게 이상한 활동만 한 건 아니다. 하루는 누군가 선생님한테 사람이 달걀을 부화시킬 수 있냐고 질문했다. 그리고 이런저런 이야기가 이어지다가 결국 우리가 교실에서 달걀을 부화시켜 보게 되었다. 얼렁뚱땅 시작하기는 했지만, 그동안 했던 많은 활동 중에 이 달걀 부화 프로젝트는 정말 내 맘에 쏙 들었다. 그도 그럴 것이 코딱지 같은 것만 보다가 병아리라니! 생각만 해도 신이 났다.

분리수거장에서 주워 온 스티로폼 상자에 온도조절기를 달고 전구를 연결해서 부화기를 만들고, 그 속에 농장에서 받아

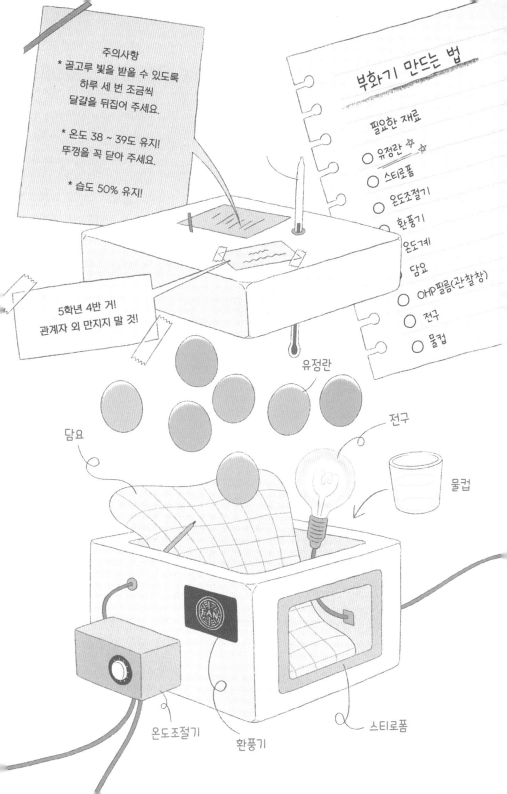

온 유정란을 넣었다. 사실 달걀 부화기의 설계도는 선생님이 만들어 주셨다. 인터넷으로 살 수 있는 부화기도 있지만 그건 과학자로서 낭만이 없다고 하시면서 말이다. 덕분에 우리는 21일 동안 이 알들의 어미 닭이 되어 온도도 맞춰 주고, 습도도 맞춰 주고, 정해진 시간마다 알을 조금씩 굴려 주어야 했다.

"달걀 부화는 그저 신기한 과학 실험이 아니야. 생명을 태어나게 하는 일이거든. 부모님께서 너희를 보살펴 주신 것처럼 너희도 책임감을 가지고 이 작은 생명을 지켜야 해. 절대 쉽지 않을 거야. 알을 돌리는 일은 정해진 시간에 꾸준히 해 줘야 해서 매우 귀찮아. 알을 돌리다가 알이 깨지는 사고가 날 수도 있어. 심지어 주말에도 당번들은 학교에 와서 알을 돌려 줘야 해. 병아리가 무사히 태어나도 모이 주고, 똥 치우고, 산책시키는 일을 해 줘야 해. 그래도 할 수 있겠어?"

"네! 할 수 있어요!"

선생님 말씀에 나를 비롯한 우리 반 친구들은 교실이 떠나가라 소리치며 대답했다. 선생님답지 않게 설명이 길었다. 어떤 활동이든 "알아서 해 봐."라고 하시던 선생님이 아니었다. 소중한 생명을 다루는 일이라 평소랑은 좀 다른 느낌이었다.

그 뒤로 우리는 매일 당번을 정해서 알을 보살폈다. 어미 닭의 품처럼 38도에서 39도가 되게 부화기 온도를 유지시켰고, 부화기 속에 물컵을 넣어서 습도도 50프로 정도가 되게 만들었다. 무엇보다 하루에 세 번 부화기 속의 달걀을 조금씩 돌려 가며 달걀이 따뜻한 기운을 골고루 받을 수 있게 해 주었다. 선생님은 귀찮은 일이라고 하셨지만 나는 정말 하나도 귀찮지 않았다. 따뜻한 달걀을 손으로 만지면 기분이 너무 좋았다.

'이 속에서 병아리가 생겨난다니…… 정말 신기하다.'

우리는 자기 조의 달걀에 이름도 지었다. 우리 조는 쑥쑥 자라라고 '쑥쑥이', 노하민네 조는 '호랑이'라고 이름 붙였다.

"야, 무슨 병아리 이름을 호랑이라고 짓냐?"

아무리 나랑 유치원 때부터 친구지만 노하민은 진짜 연구 대상이다.

"나는 호빵이라고 짓고 싶었는데…… 지수진이 자꾸 사랑이로 하자고 하잖아. 그래서 한 글자씩 넣어서 호랑이라고 했지."

평소 노하민이었으면 절대 고집을 꺾지 않고 호빵이로 지었겠지만, 상대가 '지수진♡'이라면 충분히 이해할 수 있었다. 근데 하민이는 지수진 좋아하는 걸 들켜도 상관없나 보다.

다른 애들이 눈치챌까 봐 나만 괜히 전전긍긍하는 것 같아서 노하민이 살짝 괘씸했다. 그렇지만 비밀을 지키는 일은 우정을 무엇보다 중요시하는 나 이우주에게는 무척이나 중요한 일이다. 그래서 '호빵이 + 사랑이 = 호랑이'라는 덧셈식에 ♡가 숨겨져 있다는 사실을 다른 머리 좋은 친구들이 풀어 버릴 것만 같아 너무 조마조마했다. 예를 들어 고은별 같은 애들 말이다. 인정하기 싫지만, 고은별은 공부를 잘한다. 나도 수학, 과학은 자신 있는 편인데, 고은별은 좀 다른 수준이다.

　"호랑이? 이름 엄청 특별하게 잘 지었다. 우주야, 우리 조도 쑥쑥이 대신에 파닭이 이런 걸로 지을까? 호랑이에 비해서 우리 조 달걀 이름이 너무 평범한 것 같아."

　각 조의 달걀 이름을 적어서 정리하고 있던 반장 고은별이 나에게 이렇게 말했을 때, 공부 머리랑 인생의 지혜는 다르다는 것을 깨달았다. 수학경시대회 금상을 아무렇지 않게 받아 오는 고은별이 호랑이를 보고 '쑥쑥' 대신 '파닭'을 떠올리다니……. 이래서 책은 가리지 않고 골고루 잘 읽어야 한다. 고은별이 나처럼 「셜록 홈즈」나 「명탐정 코난」, 아니 초급자용인 「엉덩이 탐정」이라도 좀 읽었다면 노하민의 비밀 짝사랑을 알아챘을지도 모른다.

달걀 껍데기에 정성껏 이름을 적은 뒤, 우리는 정말 어미 닭이 된 것처럼 달걀들을 보살폈다. 특히 나는 우리 조가 달걀 돌리는 당번이 될 때를 손꼽아 기다렸다. 병아리 부화 프로젝트를 시작하며 백과사전 「동물의 한살이」편을 한 글자도 빠짐없이 읽었다. 백과사전 시리즈 중 유일하게 긴 줄글로 된 설명까지 다 읽은 책이었지만, 그 책의 어느 곳에서도 부화 중인 달걀의 기분 좋은 따뜻함을 설명하는 글은 없었다. 책에는 담기지 않는 세상의 신비를 탐험한다는 사실이 너무나 흥분되어서, 우리 조가 달걀을 돌리는 시간이 되면 두 손으로 살포시 달걀을 감싸서 달걀의 온도를 느껴 보았다.

'아마 에디슨도 이렇게 따듯한 달걀을 만지는 게 좋았을 거야. 그래서 하루 종일 달걀을 품을 수 있었던 거겠지?'

위대한 발명가의 발자취를 따라가는 영광스러운 경험을 만끽하고 있을 때, 나의 이런 기분을 깨트리는 까랑까랑한 목소리가 들렸다.

"얘들아, 빨리 돌려야 해. 뚜껑 오래 열어 두면 온도가 떨어진단 말이야. 이우주! 달걀 너무 오래 만지는 거 아냐?"

깐깐한 반장 고은별은 유독 나한테 많이 뭐라고 한다. 만약에 내가 에디슨 같은 훌륭한 사람이 되지 못한다면 그건 고은별 탓도 한 숟가락만큼은 있을 거다. 두고 봐라. 2학기 때는 내가 반장이 돼서 사사건건 다 걸고넘어질 거다.

3
범인은 현장에 흔적을 남기지

일시 정지!

모든 것이 멈췄던 그 짧은 시간 동안 내 머릿속에는 그동안 달걀 부화를 위해서 노력했던 시간들이 주마등처럼 흘러 지나갔다.

"흑흑……."

지수진이 흐느껴 우는 소리에 정신이 번쩍 들었다. 지수진은 깨진 달걀을 발견하고는 하염없이 울고 있었다. 눈앞의 처참한 광경을 보고 많이 놀란 것 같았다.

"수진아, 괜찮아? 이거 내가 치울 테니까 너는 교실에 가 있을래? 곧 다른 아이들도 올 거고…… 상황 설명 좀 부탁할게."

울고 있는 지수진을 보내고 나서 떨어져 있는 두루마리 화장지를 주워 바닥을 닦을 준비를 했다. 화장지를 풀어 손에 돌돌 말다가 문득 어디선가 본 추리소설의 한 구절이 생각나 가만히 멈췄다.

'사건 현장을 보존해야 하지 않나? 맞아. 함부로 치우면 안돼.'

선생님이 오실 때까지 그대로 둘까 하다가 이 광경을 다른 친구들이 보지 않게 하는 게 나을 것 같다는 생각도 들었다.

'충격받는 아이들이 너무 많을 거야. 만약 선생님이 제일 먼저 발견했다면 어떻게 하셨을까?'

선생님이라면 우리에게 보여 주지 않고 치우셨을 거라는 생각이 들었다. 나는 아이들이 등교하기 전에 치워야 한다는 결심을 굳혔다.

'그래, 사진을 찍고 나서 치우자.'

나는 얼른 휴대폰을 꺼내서 깨진 알의 모습을 찍기 시작했다.

사진을 찍는 중간중간 눈물이 나올 것 같았다. 겨우 사진을 찍고, 눈을 꼭 감은 채 바닥에 흩어진 깨진 껍데기들과 고약하고 비릿한 냄새가 나는 흔적들을 닦아 냈다. 어느 정도 바닥을 정리한 다음에서야 부화기를 살펴봤다. 다행히 부화기 속 나머지 여섯 개 알은 무사했다. 쑥쑥이도 제자리에 있었다. 종이컵에 모아 둔 달걀 껍데기 파편을 살펴보니 여러 갈래로 갈라진 '호⋯⋯ 랑⋯⋯ 이' 라는 글자가 보였다.

'노하민네 조 달걀이다. 아⋯⋯ 지수진. 그래서 그렇게 울었구나.'

검은 모자다. 분명 그 검은 모자가 우리 달걀을 깨뜨리고, 우리 교실에 물감을 뿌려 놓았다. 도대체 왜 그랬는지 알 수는 없었지만, 속이 부글부글 끓어올랐다.

시간이 지나고 하나둘 아이들이 등교하기 시작했다. 지수진처럼 우는 아이들도 있었고, 화가 나서 소리를 지르는 아이들도 있었다.

"야! 이우주! 너 범인 봤다고 했지? 어디로 갔어? 얼른 잡으러 가자!"

노하민은 화가 나서 소리를 지르는 쪽이었다. 내가 범인 얼굴을 못 봤다고 하자 "으아아악!" 하고 소리를 질렀다. 호랑이가 깨진 데다가 좋아하는 지수진이 울고 있어서인지 하민이는 정말 화가 많이 나 보였다.

"도대체 누가 이런 거야? 우리 반에 뭔 원수라도 진 거야?"

씩씩거리며 말하는 하민이 앞으로 고은별이 나섰다.

"얘들아, 일단 교실 정리부터 하자. 교실이 물감 범벅이라 물티슈랑 걸레로 닦아야 할 것 같아. 그리고 이우주랑 지수진은 나랑 이야기 좀 해. 아침에 봤던 것들 나랑 정리해서 선생님께 말씀드리자."

고은별이 깐깐하긴 해도 어수선한 상황을 정리하는 데 소질이 있다.

"잘 들어. 이건 사건이야. 범인은 현장에 흔적을 남기지. 지금

부터 너희 둘은 범인을 밝힐 작은 단서라도 떠올려야 해.”

나는 최대한 자세히 이야기하려고 애썼다.

“어……. 어. 범인은 나 혼자 봤어. 내가 교실에 들어와서 소리 지르니까 복도 저쪽으로 도망갔어. 아마 그때 협의실에서 나온 것 같아. 6학년 교실 쪽으로 뛰어갔고…… 검은 모자를 쓰고, 키는 한 이 정도 되어 보였어. 그리고 바로 지수진이 왔고.”

고은별이 웬일로 내 이야기에 맞장구를 쳤다.

“좋아. 물감의 굳기로 봤을 때 일리가 있어. 저번에 선생님께서 아크릴 물감은 빨리 굳는다고 하셨잖아. 교실에 물감이 아직 말랑말랑한 걸로 봐서 사건은 오늘 아침에 일어난 게 확실해. 네가 본 검은 모자가 범인일 가능성이 높은 것 같아.”

지수진은 뭔가 곰곰이 생각하더니 망설이듯 이야기했다.

“확실한 건 오늘 아침에 알이 깨지고, 우리 교실에 물감이 뿌려졌다는 거. 그리고 검은 모자를 쓰고 뛰어간 사람이 범인일 가능성이 제일 높다는 거네.”

나도 추리 전문가로서 이야기를 보탰다.

“정리해 보자. 범행 시각은 7시 50분쯤이야. 내가 7시 55분에 교실에 도착했거든. 또 검은 모자는 우리 반에서 달걀 부화 프로젝트를 하고 있는 걸 아는 사람이야. 그리고 우리 반이나 노하민, 지수진 조에 원한이 있는 사람일 가능성이 커! 왜냐하면 다른 알들은 다 무사하고 호랑이만 깨졌거든."

호랑이 이야기를 하다가 아차 싶어서 지수진의 눈치를 살폈다. 지수진의 눈은 아직도 빨갰다.

"오! 이우주, 대단한데? 근데 수진이는 아냐. 수진이처럼 착한 아이가 원한이라니. 원한이라면 노하민이야. 하민이한테 다른 애랑 싸운 적 있는지 물어보자. 그 애가 우리가 달걀 부화 프로젝트 하고 있는 걸 아는지 확인해 보면 되잖아."

역시 고은별이 좀 깐깐하긴 해도 말은 통한다. 우리 이야기를 듣고 있던 지수진이 다시 조심스럽게 이야기하기 전까지 난 고은별이 어쩌면 초급인 「엉덩이 탐정」 정도는 읽었을지도 모른다고 생각했다.

"근데…… 화가 난다고 달걀을 깨 버리는 일을 할 사람이 있을까? 그냥 오늘 일찍 등교한 학생들을 CCTV로 확인하면 되잖아. 학교 정문에 보니까 CCTV 있는 것 같던데? 혹시 후문으로 등교한 사람일 수도 있으니까 후문에도 CCTV 있는지 확인해 보자."

맞다! CCTV! 그 생각을 못 했다. 내가 때마침 일찍 등교했으니, 나보다 일찍 등교한 사람은 엄청 적을 거다. 그리고 그중에 검은 모자를 쓴 사람만 찾으면 된다. 굳이 원한이 있는 사람들을 찾아서 취조할 필요도 없었다. 그리고 취조한다고 해도 검은 모자가 본인이 아니라고 우기면 밝힐 증거도 없었다. 만약 검은 모자가 6학년 형이라면 '형이 우리 반 달걀 깼어요?'라고 물어보는 것도 조심스러웠는데, CCTV를 확인하면 이런 고민을 할 필요도 없었다. 오늘 여러 가지로 지수진의 몰랐던 모습을 보게 되었다. 놀란 와중에도 침착하게 행동하는 모습을 보니 왜 노하민이 좋아하는지 알 것 같았다.

우리는 선생님께 가서 아침에 보았던 장면부터 검은 모자가 도망갔던 일, 그리고 CCTV를 이용해 검은 모자를 잡으면 될 것 같다는 이야기를 전했다. 선생님은 짐짓 심각한 표정으로 1교시에 영어 선생님과 공부하고 있는 동안 CCTV를 확인해 보겠다고 하셨다.

"근데 CCTV로 검은 모자 쓴 사람을 찾았는데, 그 사람이 끝까지 자기가 범인이 아니라고 하면 어떡하지?"

협의실에서 선생님과 이야기하고 교실로 돌아가는 중에 지수진이 조심스럽게 이야기했다.

"우주가 본 대로라면 검은 모자가 범인이 확실해. 빨리 굳어 버리는 아크릴 물감이 결정적인 증거야. 그 아크릴 물감이 사건이 벌어진 시간을 특정해 주거든. 절대 어젯밤에 일어난 일이 될 수 없으니까, 범인은 우주보다 빨리 등교한 사람 중 하나야."

고은별이 아주 단호한 말투로 이야기했지만, 사실 큰 허점이 있었다.

"음…… 물론 검은 모자가 굉장히 수상한 행동을 한 것은 사실이야. 그런데 나보다 학교에 일찍 온 사람이 여러 명이면, 무조건 검은 모자가 범인이라고 이야기할 수는 없을 것 같아. 검은 모자는 그냥 우리 교실 앞을 지나가다가 내가 소리쳐 놀라서 도망간 걸 수도 있고……."

나도 처음에는 너무 흥분해서 무조건 검은 모자가 범인일 거라고 단정 지었다. 그러나 검은 모자가 실제로 알을 깨고 교실에 물감을 뿌리는 장면을 보지 않은 이상 나보다 일찍 왔다는 이유만으로 범인이라고 말할 수는 없었다. 검은 모자를 범인으로 확정 지을 수 있는 경우의 수는 딱 하나였다. 나보다 일찍 등교한 사람이 검은 모자 딱 한 명밖에 없는 경우다.

"네 말을 듣고 보니 그러네. 일단 CCTV 확인이 최우선이겠다. 선생님이 2교시 전에는 알려 주시겠지?"

고은별이 좀 쓸쓸한 표정을 지으며 말했다.

"리아한테 호랑이 보여 주고 싶었는데……."

지수진은 조금 쓸쓸한 얼굴로 중얼거렸다. 아까부터 많이 울어서 눈이 붉게 물들어 있었다. 여전히 금방이라도 눈물이 떨어질 것 같았다.

"임리아?"

얼굴이 잘 떠오르지 않았지만, 5학년 첫날만 학교에 왔다가 바로 몸이 아파서 병원에 입원한 친구 이름이었다. 지수진의 뒤쪽 빈 책상에는 3월에 붙인 '임리아'라는 이름표가 아직도 남아 있었다.

"맞아, 임리아. 리아가 몸이 약하고 조금만 뛰어도 폐에 무리가 가서 작년부터 계속 학교를 잘 못 나오고 있거든. 오늘 다시 학교에 나오는 날인데 아침에 정신이 없어서 챙겨 주지도 못했네. 얼른 교실에 가 봐야겠다. 리아가 호랑이 많이 보고 싶어 했는데……."

울 것 같은 얼굴로도 쓸쓸하게 웃는 걸 보니 안쓰러운 마음이 들었다. 지수진한테 임리아는 나한테 노하민 같은 친구인가 보다. 그동안 말로만 들려준 호랑이를 직접 보여 주지 못하게 되어서 많이 아쉬워 보였다. 우리 조 아이들의 동의가 필요하겠지만 쑥쑥이가 병아리가 되면 다 같이 돌보자고 이야기하고 싶었다. 지수진에게 위로의 말을 건네고 싶었지만 결국 아무 말도 하지 못했다.

4

우리 중 누구라도

1교시 영어 시간은 정말 뭘 배웠는지 모르게 지나갔다. 영어 선생님께는 죄송하지만, 평소에도 영어라면 한 귀로 듣고 한 귀로 흘리는 나인데, 오늘은 아예 머릿속이 검은 모자로 가득 차 있었다.

'그때 달려가서 잡았어야 했는데…….'

수업 시간 동안 머릿속으로 수십 번 복도에서 도망가는 검은 모자를 달려가서 잡는 상상을 했다. 그리고 검은 모자에게 왜 그랬냐고 따져 물었다. 이런저런 상상을 하다 보니 어느새 영어 시간이 끝나고 담임 선생님이 돌아오셨다. 쉬는 시간이었지만 어느 누구도 자리에서 일어나지 않고 선생님을 바라보고 있었다.

"일단 4조 친구들. 달걀이 깨져서 많이 슬프고 화나지? 미안해. 선생님이 협의실 문을 잠그고 갔으면 이런 일이 없었을 텐데, 선생님 잘못이야. 너희가 말한 대로 CCTV를 보고 무슨 일이 일어났는지 확인하려 했단다. 그리고 선생님이 우주가 등교한 시간 이전부터 등교한 친구들 CCTV를 복사해 왔어."

선생님의 말씀에 교실이 술렁거렸다.

"선생님, 누구예요? 5학년 맞아요?"

노하민은 아까부터 호랑이의 복수를 하겠다며 5학년이건 6학년이건 가서 싸울 거라고 이를 바득바득 갈고 있었다. 내가 보기엔 지수진 옆이라서 좀 더 그러는 것 같았다.

"그런데 음…… 선생님이 말로 설명하는 것보다 화면을 같이 보는 게 낫겠구나. 아침 7시부터 우주가 등교한 7시 50분까지 정문과 후문 영상이야. 잘 봐."

술렁거리던 교실은 쥐 죽은 듯 조용해졌다. 우리는 다 같이 화면을 뚫어져라 보기 시작했다.

7시가 조금 넘은 시간에 배움터 지킴이 선생님이 잠겨 있던 학교 정문을 여는 모습이 보였다. 그 말은 이전에는 아무도 등교하지 않았다는 뜻이다. 이후 아무도 나타나지 않은 화면을 빨리 감기로 넘기다가 7시 30분이 되어서 한 무리의 남학생들이 보이자, 정상 속도로 돌렸다.

"뭐야, 왜 이렇게 일찍 등교해? 난 저때 일어났는데. 이우주, 저 사람들 중에 검은 모자가 있어?"

정적을 깨고 노하민이 말했다.

CCTV 화질이 그리 좋지 않고 너무 높은 위치에서 찍혀서 얼굴을 알아볼 수 없었다. 하지만 분명한 건 지금 보이는 사람들 중에는 검은 모자가 없었다.

"지금 보이는 친구들은 우리 학교 티볼 스포츠 클럽 친구들인데 한 달 뒤 대회가 있어 아침부터 연습하려고 모였다는구나. 마침, 바로 지도하시는 선생님도 들어오시는 게 찍혀서 1교시에 물어봤는데, 오늘 연습 때는 중간에 빠진 사람 없이 열심히 훈련했다고 해. 그러니까 이 친구들은 범인이 아니야."

선생님이 먼저 설명해 주셨다.

"내가 봤던 검은 모자는 여기 형들보다 조금 더 덩치가 작았어. 그리고 여기 형들은 전부 우리 학교 유니폼을 입었는데, 검은 모자는 음…… 잘 기억은 안 나지만 절대 학교 유니폼은 아니었어."

나도 얼른 이야기를 이어 갔다. 티볼부 형들이 연습하는 강당은 우리 교실과는 반대편에 있고, 경기하는 중간에 빠져나와서 우리 교실에 들러 알을 깬다는 것은 설득력이 떨어졌다.

7시 40분이 될 때까지 티볼부 유니폼을 입은 형들이 열 명은 넘게 들어왔다. 그리고 7시 43분에 흰색 셔츠를 입은 학생부터 차례로 세 명이 더 들어왔지만 얼굴이 제대로 보이지 않았다.

7시 45분이 되었을 때, 비로소 검은 모자를 쓰고 뛰어가는 한 학생이 보였다.

"검은 모자다!"

내가 반사적으로 소리쳤다. 내 기억 속 그 검은 모자였다. 검은 모자를 제외한 다른 옷차림은 전혀 기억나지 않았지만 풍기는 분위기가 정확히 같았다. 지금 보니 청바지와 조끼 차림에 검은 가방을 메고, 운동화를 신고 있었다. 하지만 딱 거기까지였다.

선생님은 영상을 정지시킨 후 화면을 확대해 주셨지만 확대할수록 영상의 화질이 안 좋아져서 누군지 전혀 알아볼 수 없

07:02 07:30 07:43

었다. 짧은 머리에 모자를 푹 눌러쓴 탓에 남자인지 여자인지도
잘 구분이 가지 않았다.

"누군지 아는 사람? 같은 아파트 단지에 산다거나 같은 학원
에 다닌다거나 하는 사람 없어?"

선생님이 물었지만 검은 모자가 나올 때 소리치던 아이들이
모두 조용해졌다.

7시 50분이 되자 CCTV에 내가 나왔다. 알을 돌리려고 신나
서 폴짝폴짝 뛰어가는 모습이 그대로 찍혔다. 범인을 찾는 심각
한 상황이었지만 내가 우스꽝스럽게 뛰어가는 모습이 나오니

07:45

07:50

반 아이들이 웃기 시작했다. 오늘 들어서 처음으로 아이들이 웃었다. 부끄럽긴 했지만, 아침부터 너무 큰일을 겪은 우리 반 친구들이 웃는 걸 보니 기분이 그리 나쁘진 않았다.

용의자는 총 다섯 명이었다.

1. 흰 셔츠를 입은 남학생

2, 3. 누나와 동생으로 보이는 여학생과 남학생

4. 검은 모자

5. 2~3학년쯤 되어 보이는 여학생

문제는 누구도 우리 반과 연관 있는 사람을 찾을 수가 없었다. 심지어 CCTV에 나온 용의자들도 누군지 정확히 알 수가 없었다.

"흰 셔츠 입은 사람, 우리 학교 전교 회장 수민 오빠 아냐? 같은 학원 다니는데 비슷한 옷 입은 것 봤어."

"수민이 형 맞아. 내가 등교할 때 수민이 형이 정문 앞에서 학교폭력 근절 캠페인 활동하고 있었는데, 저 옷이었어. 근데 전교 회장이 이런 범죄를 저지르겠니? 아침에 봉사 활동 하기도 바쁜데……. 범인은 검은 모자라니까?"

누군가가 용의자들에 대해서 말했지만, 노하민이 단박에 검은 모자가 범인이라고 선을 그었다.

"진짜 검은 모자 누군지 아는 사람 한 명도 없어?"

고은별이 물었지만 아무도 대답하는 사람이 없었다.

CCTV를 돌려 보고 나니 범인이 검은 모자라는 생각은 더 확고해졌다. 만약 검은 모자를 찾아내서 추궁했는데 범인이 아니라면 그때 가서 다른 용의자들을 더 조사해 보기로 하고, 우리는 일단 검은 모자가 누구인지 밝히는 데 집중하기로 했다.

"아, 네, 어머니, 리아가 오늘도 병원에 가야 하는군요. 폐렴

이 얼른 나아야 할 텐데……. 우리 반 아이들도 기다리고 있다고, 얼른 나아서 보자고 전해 주세요. 아, 네…… 그랬군요. 네, 수업 중이라 곧 다시 전화드리겠습니다."

갑자기 울린 교실 전화기에 대고 선생님이 이야기하는 소리가 들렸다. 그나저나 검은 모자를 어떻게 찾아내야 할까. 곰곰이 생각해 보았지만, 도저히 답이 나오지 않았다. 아까 고은별이 말한 대로 노하민네 조 친구들에게 악감정을 가진 친구들부터 조사해 봐야 할까? 그때, 선생님이 말씀하셨다.

"자자. 선생님 보고 집중해 보렴. 우리 중 누구든 '검은 모자'가 될 수 있단다. 우리 모두 다 실수할 수 있고, 알을 돌려 주다가 깰 수도 있어. 그럴 때 우리는 어떤 기분이 들까? 지금 우리가 슬픈 이유를 곰곰이 생각해 보자. 선생님은 알이 깨져서 슬퍼하는 것과 알을 깨고 사과하지 않고 도망친 검은 모자에게 화나는 감정을 구분했으면 좋겠어. 우리는 지금 슬퍼하는 걸까? 화를 내고 있는 걸까?"

선생님의 이야기를 들으니 어느 순간부터 알이 깨져서 슬퍼하던 감정이 범인을 잡겠다는 마음으로, 또 범인에게 화나는 감정으로 변해 있다는 것을 알게 되었다. 선생님의 이야기에 조용해진 교실에서 몇몇 아이들은 훌쩍이고 있었다.

"그래도 검은 모자는 나빠요. 실수할 수 있어요. 근데 사과하지 않고 도망친 건 너무 비겁해요."

노하민이 조금 차분해진 목소리로 말했다. 범인이 6학년 형이어도 찾아가서 싸울 거라던 기세는 없어졌지만, 한번 났던 화가 쉽게 사그라들진 않는 법이다. 다른 아이들도 동의한다는 표현을 했다.

웅성웅성하는 가운데서 갑자기 지수진이 울먹이며 말문을 열었다.

"만약에 내가 검은 모자의 입장이었어도 떳떳하게 미안하다고 이야기하진 못했을 것 같아. 내가 알을 깼다고 상상하니까 눈앞이 캄캄해지면서 도망가고 싶은 기분이 들었어. 물론 호랑이는…… 호랑이는 불쌍하지만…… 검은 모자한테 따진다고 호랑이가 살아나는 건 아니잖아."

놀랐다. 아침부터 제일 슬퍼하던 지수진 입에서 이런 이야기가 나올 줄이야. 나도 내가 알을 깨뜨렸다는 상상을 하니 다른 친구들에게 사실대로 이야기하고 사과할 용기가 나지 않았다. 나도 검은 모자처럼 도망갔을지도 모른다.

'그렇지만 지수진은 자기네 알이 깨졌잖아. 나보다 더 많이 슬프고 화날 텐데…… 어떻게 저렇게 이야기할 수 있지?'

빨갛게 부은 눈으로 자기 생각을 말하는 지수진이 굉장히 멋져 보였다.

"우주야. 수진아. 이리 와 보렴."

흥분한 아이들이 이제야 좀 진정하고 다음 수업을 준비하고 있을 때쯤 선생님이 나랑 지수진을 불렀다.

"선생님이 궁금한 게 있어서."

오늘도 하얀 실험 가운 같은 옷을 입은 선생님은 살짝 심각한 표정을 짓더니 우리한테 다정하게 어깨동무를 하고는 협의실로 데려가셨다. 평소에는 이런 적이 없어서 '내가 뭘 잘못했나? 혹시 복도에서 뛰어다닌 거 들켰나?' 하는 생각으로 긴장한 채 선생님 얼굴을 바라보았다.

"우주가 깨진 달걀 치웠다며? 대단해. 다른 친구들이 보고 충격받을까 봐 그런 거지? 선생님이 우주가 친구들을 위하는 마음을 가지고 있는 줄 진작에 알고 있었지만, 이번 일은 정말 칭찬해 주고 싶구나."

혼날 줄 알았는데 칭찬을 들으니 갑자기 나도 모르게 어깨가 으쓱해졌다.

"네, 선생님. 호랑이가 깨진 모습을 다른 아이들이 보면 좀 그럴 것 같아서 휴지로 닦아서 비닐에 모았어요. 나중에 묻어 주려고요."

"그랬구나. 그 비닐은 협의실에 두었니? 묻어 주기 전에 선생님이 정리 좀 하려고. 그리고 우주랑 수진이가 제일 많이 놀랐을 것 같아서 걱정이야. 놀란 마음은 좀 어떠니?"

선생님은 놀랐을 우리 마음을 걱정하고 다독여 주셨다. 선생님의 이야기를 듣다가 아침에 사건 현장을 찍은 사진이 떠올랐다.

"아 참. 선생님, 제가 아침에 협의실 치우기 전에 사진을 찍었었는데, 혹시 이게 도움이 될까요?"

원래는 수업 시작 전에 휴대폰을 꺼 둬야 하는데, 오늘 아침에 정신이 없어서 아직 켜진 채였다. 휴대폰을 주머니에서 꺼내 아침에 찍은 사진들을 선생님께 보여 드렸다.

"그래 우주야. 꼼꼼하게 잘 찍었구나. 혹시 모르니 나한테도 보내 줄래?"

선생님은 내가 찍은 사진들을 우리 반 과제 제출방에 올려 달라고 하셨다. 평소에는 수학 문제 푼 거나 미술작품 완성한 걸 올리던 곳에 다른 자료를 올리려니 기분이 이상했다.

"선생님, 혹시 아까 리아 엄마랑 통화하신 거예요? 리아가 오늘도 못 나온대요?"

내가 연신 휴대폰을 만지는 동안 지수진이 물었다. 선생님은 오늘 임리아가 다시 등교하는 날이었는데 건강이 좋지 않아서 병원에서 치료를 며칠 더 해야 한다고 이야기해 주셨다. 모둠에서 애지중지 보살피던 '호랑이'가 깨진 것도 모자라, 기다리던 친구가 계속 아프다는 소식을 전해 듣다니, 오늘 아침은 지수진에게 참 가혹하다는 생각이 들었다.

"리아가 못 나와서 걱정이 많이 되나 봐?"

교실로 돌아가는 길에 내가 물었다.

"응, 엊그제 통화했을 때 이제 퇴원할 수 있다고 해서 리아가 엄청 좋아했거든. 근데 상태가 또 안 좋아졌나 봐."

지수진이 씁쓸하게 대답했다.

"근데 아까 이야기 진짜야? 검은 모자를 이해한다고 한 말."

임리아 이야기를 하면 계속 어두운 표정을 하고 있을까 봐 얼른 주제를 돌려 말했다.

"나도 많이 화나지. 근데, 내가 달걀 깼어도 쉽게 사과하지는 못 했을 것 같다는 이야기였어. 상상만으로도 너무 무서운 일이 잖아. 나도 너무 놀라서 도망갔을지도 몰라."

머릿속이 뒤죽박죽 복잡한 채 교실로 들어서면서 스티로폼으로 만들어진 달걀 부화기를 바라봤다. 부화기 속 알은 하나 줄었지만 위로 쭉 뻗어 나온 온도계는 아무 일 없었다는 듯이 38.5도를 가리키고 있었다.

2부

우연과
우연

5

검은 모자님!

우리는 급식을 먹고 난 후 쉬는 시간에 병설유치원 옆 작은 텃밭에 호랑이를 묻어 줬다.

'좋은 곳으로 가, 호랑아. 다음번에는 예쁜 병아리로 태어나렴.'

마음속으로 빌어 주고 눈을 떴는데 지수진이 보였다. 눈을 꼭 감고 중얼중얼하는 모습을 지켜보다가 얼른 고개를 돌려 노하민을 찾았다. 아니나 다를까 노하민은 힐끔힐끔 지수진을 쳐다보고 있었다.

'이해한다, 친구야. 지수진은 착하고 좋은 애니까.'

난 머리를 몇 번 도리도리 저은 다음 심호흡을 했다. 아침부터 생각하던 이야기를 꺼내기에 지금이 적절할 것 같았다. 지금이 아니면 기회를 놓칠 것 같기도 해서 서둘러 이야기를 꺼냈다.

"노하민, 지수진, 호랑이는 좋은 곳으로 갔을 거야. 너무 슬퍼하지 마. 그리고 오늘부터 너희 둘이 우리 쑥쑥이 같이 보살펴 줘도 돼. 태어날 때까지 알 돌리는 거 도와줄 거지? 그리고 쑥쑥이 태어나면 같이 산책도 시키자. 여차하면 너희는 호랑이라고 불러도 돼."

나는 두 사람이 대답할 틈도 주지 않고, 준비했던 말들을 다다다 내뱉었다. 과학 백과사전 어딘가에서 본, 손으로 절대로 잡을 수 없는 지폐 실험이 떠올랐기 때문이다. 떨어지는 지폐를 눈으로 보면 눈에서 뇌로, 또 뇌에서 손으로 신호를 보내 손가락을 움직이게 된다. 그런데 어떤 높이에서는 이 속도보다 지폐가 떨어지는 속도가 빨라서 손으로 지폐를 잡을 수 없다는 것을 증명한 실험이었다. 그 실험처럼 내 말에 애들이 '괜찮아.'라고 말할 시간조차 주지 않으면 된다. 그럼 내가 한 제안은 그 지폐처럼 자동으로 통과되는 거다. 점심시간 내내 구상한 이 계획

이 거의 성공하려고 한 순간, 전혀 고려치 않았던 변수가 하나 발생했다. 고은별이었다.

"야, 이우주. 쑥쑥이가 네 거야? 왜 상의도 없이 정해?"

고은별은 새초롬한 표정으로 나를 한 번 쓱 보더니, 친구들을 향해 웃어 보이며 말을 이어 갔다.

"물론…… 나도 찬성이야. 하하. 대신 노하민 넌 조심해."

고은별은 내가 무슨 말을 하는지 하루 종일 지켜보고 있는 게 아닐까? 이번에도 갑자기 나타나 까탈스럽게 군다. 같은 모둠 친구들과 상의하지 않고 이야기한 건 내 잘못이지만, 고은별한테는 뭔가 툴툴대야만 할 것 같아서 살짝 기분 나쁜 척 이야기했다.

"그냥 좋은 생각이라고 말하면 어디가 덧나냐?"

내가 볼멘소리로 말하자 눈치도 없는 하민이 녀석이 또 한마디 끼어들었다.

"이우주, 고은별, 너네 꼭 우리 아빠, 엄마 같다? 맨날 티격태격하다가도 '사랑해, 여보~' 하던데, 너희 혹시 좋아하냐?"

"야! 노하민!"

"왜, 우주랑 별은 누가 봐도 잘 어울리는 한 쌍이지."

아무리 봐도 하민이는 너무 눈치가 없다. 맨날 깐깐하게 잔소리하는 고은별이 날 좋아한다니……. 이 녀석은 앉혀 놓고「명탐정 코난」에「셜록 홈즈」까지 3박 4일은 보게 해야 눈치라는 게 좀 생길 것 같다.

'노하민! 내가 네 짝사랑을 지켜 주기 위해서 얼마나 노력하고 있는지 조금이라도 알면 이런 장난은 못 칠 텐데…….'

하민이를 한 번 흘겨보며, 어휴 하고 한숨을 쉬고는 교실로 돌아갔다.

교실에는 선생님이 사뭇 진지한 표정으로 교탁 앞에 서 계셨다. 그리고 놀랍게도 내가 숙제 게시판에 올린 오늘 아침의 협의실 사진이 TV 화면에 나와 있었다.

'혹시 내가 비밀글로 올려야 하는데 전체 공개로 올렸나? 아닌데, 선생님만 볼 수 있게 비밀글 체크했는데?'

나는 의아한 표정으로 선생님을 바라보았다.

"자, 모두 여기 TV 화면을 봐 주세요. 오늘 아침에 깨진 달걀 장면을 우주가 찍은 거예요."

선생님이 나를 한 번 쓱 보고 말씀하셨다. 아이들이 충격받을까 봐 사진으로 찍고 금방 치워 버렸던 그 장면을 왜 모두에게 보여 주시는 걸까? 분명히 아까 불러서 잘했다고 칭찬도 하셨는데…….

"혹시 사진을 보면서 이상한 점을 찾을 수 있나요?"

궁금한 마음을 못 참고 내가 손을 들려는 그때 선생님이 다시 말씀하셨다.

"어? 혹시 범인이 흔적을 남긴 거 아냐?"

노하민이었다. 그렇다. 범인은 현장에 흔적을 남긴다. 그 약간의 가능성을 염두에 두고 당황스러운 상황에서도 침착하게 사진을 찍은 나 자신이 너무 기특했다. 누군가 이 사진에서 범인의 흔적을 찾는다면 그건 나일 거라는 생각을 하며 사진을 샅샅이 훑어보기 시작했다. 다른 친구들도 나와 같은 생각이었는지 모두 사진을 집중해서 보기 시작했다. 검은 모자가 남긴 흔적이 분명히 저기 있다고 생각하면서 말이다.

"이우주, 저거 협의실 치우기 전 사진이야? 하나도 안 치운 거 맞지?"

고은별이 재차 확인하며 물었다.

"어. 하나도 안 치웠을 때 맞아. 저기 깨진 달걀도 안 치워졌잖아. 사진처럼 노른자가 좀 퍼지고 냄새는 많이 지독했어.

······어?"

 말하는 도중에 번뜩 뭔가가 머릿속을 스치고 지나갔다. 달걀
부화 프로젝트를 시작하고 몇 번은 더 돌려 읽었던 백과사전
「동물의 한살이」편이 머릿속에 차르륵 펼쳐지더니 '부화'라고
적힌 페이지가 열렸다. 병아리가 부화하는 데 걸리는 시간은
21일이고 우리가 부화기에 넣은 지는 일주일이 지났으니까, 알
속에는 지금 아주 작은 병아리 형체가 생겼어야 한다. 백과사전
에서 만화만 읽은 아이들은 절대 알 수 없는 사실이다. 그런데
오늘 아침에 깨진 호랑이를 치우면서 그런 것은 발견하지 못했
다. 너무 정신이 없었기 때문에 내가 못 봤을 수도 있지만, 선생
님이 우리가 발견했으면 하는 게 뭔지 단박에 눈치를 챘다. 역
시 난 천재다. 명탐정 홈즈랑 같은 시대에 살았다면 내가 더 유
명한 탐정이 되었을지도 모른다는 생각을 하고 있던 찰나, 지수
진이 눈을 휘둥그레 뜨고 말했다.

 "선생님, 혹시⋯⋯ 호랑이가 무정란이었을 수도 있겠네요?"

 "그래, 선생님이 깨진 달걀도 살펴보고, 우주가 준 사진도 봤
는데 달걀 속에서 전혀 병아리의 발생 과정이 보이지 않는 것
같더구나. 선생님이 봤을 때 깨진 달걀은 병아리가 될 수 없는

무정란인 것 같아. 다행이야. 그걸 봤을 수진이도 우주도 충격을 컸을 것 같아서 걱정했는데, 지금 사진에서 보듯이 우리가 흔히 보는 달걀 모습이네?"

살짝 웃음을 머금은 선생님의 말씀을 들으며 지수진과 나는 서로를 바라봤다. 누가 눈이 더 큰지 경쟁이라도 하듯 서로 놀란 눈을 하고 말이다.

선생님의 이야기가 시작되자 아이들이 웅성대기 시작했다.

바로 전까지 "검은 모자…… 검은 모자……." 하고 되뇌던 노하민이 "무정란이 뭐야?"라고 물었지만, 아무도 대답해 주지 않았다. 대신 뭔가 정리가 필요한 상황에서 꼭 나서는 고은별이 선생님께 물었다.

"그럼, 호랑이는 깨지지 않았어도 병아리로 부화될 수 없었다는 말씀인가요?"

선생님은 고개를 살짝 끄덕이다가 다시 심각한 얼굴로 이야기를 이어 갔다.

"근데 있잖아, 애들아. 무정란이나 죽은 알이 계속 부화기 속에 있었으면 어떤 일이 일어났을까?"

그냥 안 태어나는 거 아닌가? 뭐 다른 게 있나? 하고 생각하다가 혹시 이것도 너희가 직접 알아보라며 또 실험해 보자는 건 아닌가 하는 불안감이 생겨 갈 때쯤 선생님이 말씀하셨다.

"알이 썩기 시작해. 아까 우주가 깨진 알에서 고약한 냄새가 났다고 했지? 썩은 알에서는 유독한 가스가 나오게 되는데, 다른 알 속에 든 병아리들이 호흡하면서 그 유독한 가스를 마시는 일이 생길 수도 있었어. 만약 오늘 호랑이가 깨지지 않았다면 썩은 알에서 나오는 가스 때문에 다른 알에서 태어날 병아리들이 모두 죽을 수도 있었다는 이야기야."

아이들 얼굴이 선생님처럼 심각해졌다. 1초, 2초, 3초. 정적을 견디지 못하는 노하민이 외쳤다.

"우아…… 검은 모자! 검은 모자! 아니, 검은 모자님! 감사합니다."

하민이는 자기네 조 알인 호랑이가 무정란이었다는 사실이 전혀 실망스럽지 않은 모양이었다. 단순한 녀석. 그게 유치원 때부터 내가 하민이랑 단짝인 이유이기도 하지만 오늘은 유독 하민이가 더 웃겼다. 혹시 하루 종일 풀 죽어 있던 지수진 때문에 일부러 그러는 건 아니겠지?

하민이의 그 한마디는 강력했다. 우리 반 친구들의 얼굴에서

심각함이 모두 사라졌다. 누군가 푸하하
웃기 시작하더니, 하민이처럼 '검은 모자'
를 외치기 시작했다.

"검은! 모자! 검은! 모자!"

"야. 이우주. 너 쑥쑥이 같이 돌보고 호랑이
라고 불러도 된다고 한 거 무르기 없기다."

아이들이 검은 모자를 연호하며 이리저
리 뛰어다니는 동안 지수진이 볼멘소리
로 말했다. 뭔가 슬픈데, 슬퍼한 이유
가 없어져서 불만이 생긴 목소리
였다. 호랑이가 무정란이어서
부화할 수 없다는 소식을

그냥 들었다면 그건 슬픈 일이었을 것이다. 4조 아이들은 정말 실망했을 것이고 누군가는 또 눈물을 흘렸을지도 모른다. 그런데 오늘처럼 알이 깨졌는데, 그게 다행스럽게도 무정란이었다면 기뻐해야 하는 걸까? 슬퍼해야 하는 걸까?

"당연하지. 나도 한 가지 고백할 게 있는데 쑥쑥이보다 호랑이라는 이름이 더 좋은 것 같아. 나도 다른 애들 몰래 호랑이라고 부르려고. 원래 사람도 배 속에 있을 땐 태명으로 부르다가 태어나면 진짜 이름으로 부르잖아. 그러니까 쑥쑥이는 태명인 거고 병아리 이름은 호랑이인 거지."

왠지 이런 이야기를 하면 어디선가 고은별이 튀어나올 것 같아서 주위를 살피며 작게 속삭였다.

"자. 이제 조용히 하고 선생님 좀 볼래? 너희 슬픔이 없어진

것 같아서 선생님도 한결 마음이 놓이네. 근데 선생님 마음속에는 짐이 하나 더 남아 있단다. 너희에게 꼭 사과를 전해 달라고 부탁을 받았거든. 쉬는 시간에 선생님한테 검은 모자 친구가 찾아왔어."

"네? 정말요?"

그토록 궁금해하던 검은 모자의 정체를 이렇게 알게 될 줄 몰랐던 우리는 다 같이 너무 놀라서 선생님을 바라보았다. 조금 전과는 다른 분위기로 교실이 술렁이고 있었다.

"선생님, 누구예요? 5학년 맞아요?"

아침에는 검은 모자에게 복수하겠다며 이를 바득바득 갈다가, 다른 알들을 구한 걸 안 후에는 '검은 모자님'으로 부르던 하민이는 다른 무엇보다도 검은 모자의 정체가 궁금했나 보다. 사실 하민이뿐만 아니라 나를 비롯한 우리 반 모두가 그랬을 거다.

"몇 학년인지, 누구인지는 중요한 게 아니야. 선생님이 만난 그 검은 모자 친구는 자기가 한 잘못에 벌벌 떨면서도 여러분에게 사과해야 한다며 선생님을 찾았단다. 아침에 어떤 일이 일어났는지 지금부터 이야기해 줄게."

술렁거리던 교실은 쥐 죽은 듯 조용해졌다. 그리고 그 속에서 선생님 목소리만 이어졌다.

"오늘따라 일찍 학교에 온 검은 모자는 5학년 4반에서 달걀을 부화시킨다는 사실을 알고 있었단다. 그래서 부화기를 찾으려고 5학년 4반 교실과 협의실에 들어갔어. 그리고 부화기 속 알을 보고 너무 신기해서 꺼내 보다가 갑자기 켜진 전구에 놀라 그만 알을 떨어뜨렸지."

"아……."

아이들의 짧은 탄식을 뒤로하고 선생님이 이야기를 이어 가셨다.

"검은 모자는 실수로 생명을 죽였다는 죄책감과 이 실수 때문에 받을 비난이 너무나 무서웠어. 일단 깨뜨린 알을 깨끗하게 치우자고 생각한 뒤 화장지를 찾았는데, 화장지가 보이지 않았어. 그래서 바로 옆인 5학년 4반 교실로 돌아왔단다. 하지만 너무 당황한 나머지 휴지를 꺼내다가 넘어졌고, 그때 물감을 밟아서 교실에 물감이 뿌려진 거야. 그다음에는 협의실로 돌아와 달걀을 치우려고 했는데, 아이들이 교실로 들어오는 걸 보고 복도를 뛰어 도망쳤대."

검은 모자가 알을 깨뜨린 덕에 다른 알들은 무사할 수 있었다. 하지만 검은 모자가 잘못을 한 것은 분명한 사실이다. 검은 모자는 실수로 알을 깨뜨렸다. 하지만 우리가 기르던 알들을 허락도 없이 만졌다는 것. 그리고 알을 깬 후에 사과하지 않고 도망친 것이 검은 모자의 잘못이다.

나는 검은 모자의 잘못에 대한 결과가 오히려 좋았다고 해서 검은 모자를 '검은 모자님'으로 부르거나 다른 친구들처럼 함께 연호하지 않았다. 내심 마음속 깊은 곳에 검은 모자에 대한 밉고 화나는 마음이 남아 있었다.

"선생님, 아무리 실수였고, 좋은 결과를 만들어 냈더라도 도망치는 건 비겁하다고 생각해요. 사과도 우리에게 직접 해야 한다고 생각합니다."

마음속에 있던 말들을 꺼내지 않으면, 잘 때 침대에 누워서 후회할 것만 같아서 선생님이 말씀하시는 중간에 내 목소리를 냈다.

"맞아, 우주야. 선생님도 그렇게 생각해. 그래서 검은 모자에게 용기를 내서 너희에게 직접 사과할 것을 제안했단다. 다만 많이 어려운 일이라는 걸 잘 알기에 우리 병아리들이 잘 부화하고 닭이 되어서 떠날 때까지 시간을 주기로 했어. 지금 선생님을 찾아와 사과한 것처럼 검은 모자도 용기를 내서 사과하겠다고 약속했단다."

어떤 친구들은 검은 모자 덕분에 다른 병아리들이 살았으니 된 거 아니냐며, 굳이 사과받지 않아도 된다고 했다. 또 누구는 용기 내서 사과해 줘서 고맙다고 인사할 거라고도 했다. 모두가 공통적으로 입을 모아서 이야기한 것은 잘못과 사과를 떠나서 검은 모자가 누군지 너무 궁금하니까 꼭 얼굴을 보여 줬으면 좋겠다는 것이었다.

6
새로운 일들

검은 모자 사건이 있고 난 뒤 며칠이 지났다. 그동안 우리 교실에는 몇 가지 변화가 있었다.

첫 번째는 부화기를 더 이상 협의실로 옮기지 않고 쭉 교실에 둔다는 것이다. 선생님이 학교 행정실에 얘기해서 우리 교실의 전기를 당분간 24시간 계속 차단되지 않게 바꿔 주셨다. 처음부터 이렇게 했으면 좋았을 텐데…… 라는 생각도 들었지만 화재의 위험 때문에 알들이 부화한 후에는 다시 원래대로 돌린다는 이야기를 듣고 나서는 고개가 끄덕여졌다.

두 번째는 부화기 속의 알이 여섯 개에서 세 개로 줄었다는

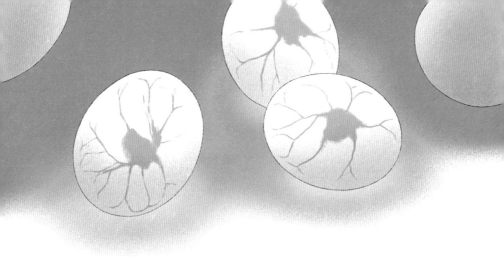

점이다. 사건이 있었던 다음 날 선생님이 검란기라는 것을 가지고 와서 우리에게 전해 주셨다. 알 속에 병아리가 생기고 있는지 하나하나 확인해 볼 수 있는 장치였다. 검은 통 속에 알을 넣고 검란기의 불을 켜면 마치 엑스레이처럼 알 속 모습이 보였다. 남아 있던 여섯 개의 알 중 세 개에는 손톱만 한 병아리가 생기고 있었고, 나머지는 처음과 전혀 변화가 없었다. 처음부터 병아리가 될 수 없는 알이었다.

만약 검은 모자 사건이 없었다면 호랑이를 포함한 알 네 개에서 나오는 가스로 인해 나머지 알들도 부화하지 못했을 것이다. 이런 생각을 하니 눈앞이 아찔했다.

우리를 저 위에서 지켜보고 있는 누군가가 검은 모자를 보내 알이 깨지게 만든 게 아닐까 하는 생각도 들었다. 왜냐하면 검은 모자 사건은 엄청난 우연과 우연이 만난 일이었기 때문이다.

선생님이 말씀하시길 무정란이 하루이틀만 더 방치되었다면 부화기 속에는 썩은 악취가 가득했을 거라고 했다. 검은 모자가 깬 알이 어떻게 딱 무정란인 호랑이였으며, 또 온도조절기 전구가 마침 딱 그때 켜지면서 검은 모자를 놀라게 한 것도 신기하다. 지금까지 내가 알을 돌릴 때는 없었던 일이었기 때문이다. 물론 그건 내가 부화기 뚜껑을 열기만 하면 바로 닫아 버리는 고은별이 있어서였겠지만……. 그리고 지수진이나 내가 오 분만 일찍 학교에 갔으면 검은 모자를 만났을지도 모른다. 그러면 검은 모자가 알을 만지지 못했을 테니, 남은 세 개의 알도 부화하지 못했겠지.

마지막 변화는 임리아가 건강해져서 학교에 나왔다는 것이다. 다시 학교에 나오던 첫날 쭈뼛쭈뼛하며 선생님과 함께 교실 앞문으로 들어서던 모습이 생각난다. 리아는 마치 전학생처럼 낯설고 긴장된 모습으로 들어와서 고개를 숙이고 우리에게 인사했다.

"얘들아, 안녕. 나 기억하니? 오랜만이야."

임리아는 우리에게 어색하게 인사하고는 오랫동안 비어 있던 자기 책상에 가방을 올려놓았다. 난 임리아와 지수진이 인사하는 모습을 바라봤다. 그토록 걱정하며 기다리던 친구가 학교에 와서인지 지수진은 여느 때보다 밝게 웃고 있었다. 같은 모둠인 노하민까지 붙어서 그동안 학교에서 있었던 일을 이야기하느라 즐거워 보였다.

"검은 모자 사건 들어 봤어? 달걀 부화 프로젝트 하는데 검은 모자님께서 우리 병아리들을 구해 주셨는데 말이야……."

분명 노하민은 지수진♡에게 잘 보이기 위해서 지수진의 제일 친한 친구인 임리아에게 다가가는 것이 분명했다. 병약한 리아에게 너무나도 자극적인 노하민이 가까이 있다는 것이 걱정스러웠지만, 난 나의 절친 노하민의 사랑을 응원한다.

선생님이 오늘이나 내일쯤 병아리가 태어날 것 같다고 하셨다. 아침에 일어나서 밥은 먹는 둥 마는 둥 하고 학교로 달렸다. 제일 먼저 병아리가 알을 깨고 나오는 걸 보고 싶었기 때문이다. 사실 어제 학교 마치고 고은별 몰래 알을 만져 봤는데 그때 알 속에서 "삐악!" 하는 소리가 들렸다. 잘못 들었나 싶어 귀를 바짝 대고 잠깐 기다렸더니 아주 작지만 분명히 "삐악!" 하는 소리가 났다. 그랬던 터라 새벽같이 눈이 뜨였고, 제일 먼저 학교로 달려간 것이다.

거친 숨을 몰아쉬면서 학교로 들어서는데 저만치 앞에 낯익은 뒷모습이 보였다. 지수진이었다.

"지수진, 같이 가자! 너도 병아리 태어나는 거 먼저 보려고 일찍 왔구나?"

"오, 이우주. 너도 일찍 왔네. 병아리는 제일 먼저 본 사람을 엄마로 생각한다잖아. 그래서 일찍 왔지! 이우주 너 혼자 뛰어가면 안 돼. 여기로 와 봐."

내가 먼저 뛰어갈까 봐 불안한지 지수진이 나를 불러서 내 소맷자락을 꽉 잡았다.

"이제 됐다. 같이 걸어가. 너 맨날 복도에서 뛰어다니잖아. 먼저 가지 말고 같이 가서 보자. 그럼 병아리가 우리 둘을 엄마, 아빠로 생각하지 않을까?"

열심히 뛰어온 탓인지 얼굴이 화끈거렸다. 병아리가 태어나는 걸 보고 싶어서 가슴도 두근두근했다. 병아리가 태어나길 기대하는 마음에 그런 거지만 어쩐지 빨개진 얼굴을 보이는 것이 부끄러웠다.

"지수진, 천천히 와!"

나는 지수진의 손을 뿌리치고 교실로 냅다 달려갔다.

사실 검은 모자 사건 이후에 나는 지수진하고 꽤 친해졌다. 같이 사건을 겪은 후부터 이런저런 이야기를 함께 나누면서 나랑 잘 맞는 점이 많다는 걸 알게 되었다. 추리 소설을 좋아하는 것도, 백과사전에서 만화만 읽는 것도 나랑 같았다. 쉬는 시간에 하민이 자리에 찾아가서 놀다가 보면 자연스럽게 지수진, 임리아랑 같이 어울리는 일이 많아졌다. 그러다 보니 이런 장난도 칠 수 있는 거다. 물론 끝까지 혼자 뛰어갈 생각은 아니다. 먼저 계단만 올라가서 기다리다 보면 빨개진 얼굴도 감출 수 있을 테니, 거기까지 얼른 뛰어가기로 했다.

"야! 이우주! 치사하게 혼자 가냐?"

1층 현관에서부터 달려온 지수진이 우리 교실이 있는 4층에 다다라서 내 손목을 확 잡아챘다.

"지금부턴 뛰지 마. 같이 가는 거야."

지수진은 내가 혹여나 또다시 뿌리치고 뛰어갈까 봐 내 손을 꽉 잡고 걸었다. 교실에 다가갈수록 가슴이 두근거렸다. 교실

문 앞에 서서 두근거리는 마음을 진정시키려고 심호흡을 했다. 지수진도 긴장되는지 함께 크게 숨을 들이마시고 내쉬었다.

"후우, 후우우, 지수진. 하나, 둘, 셋 하면 같이 열자."

그리고 우리는 동시에 외쳤다.

"하나, 둘, 셋."

드르르륵.

또다시 일시 정지!

그런데 오늘은 저번이랑 달랐다.

나도 멈추고 지수진도 멈추고 온 세상이 멈췄는데 "삐악! 삐악!" 하는 소리가 들렸다. 그리고 그 와중에 지수진의 손은 따뜻했다.

7

우리 호랑이

병아리가 태어난 지 사흘이 지났다. 그동안 병아리는 우리가 만든 부화기와 비슷한 상자 속에서 자라고 있었다. 잠깐 동안만 지낼 임시 집이었다. 따뜻한 걸 좋아하는 병아리를 위해 부화기 만들 때와 똑같이 전구를 달아서 38도로 만들어 주고 바닥에는 신문지를 깔고 병아리 모이통과 물통도 구해서 넣어 주었다. 그리고 그 병아리가 있는 상자는 바로 우리 교실 칠판 아래에 두었다.

사각…… 사각사각…….

교실은 쥐 죽은 듯이 조용한 가운데 조심스러운 연필 소리만 가득했다. 우리 교실이 이렇게 조용했던 건 5학년 첫날, 노하민이 담임 선생님이 엄청 무섭다는 소문을 내고 바르게 앉아 있지 않으면 지옥을 구경하게 될 거라고 겁을 준 그날 이후 처음이었다. 그때의 기억이 아직 생생하다. 교실 앞문이 드르륵 열리고 선생님이 들어오셨다. 실험 가운을 입은 채 머리를 긁적이며 칠판 앞으로 터덜터덜 걸어오며,

"교실이 왜 이렇게 조용해? 만나서 반가워."

선생님이 건넨 무심한 듯 밝은 인사에 우리는 노하민이 거짓말했다는 것을 금방 알 수 있었다. 그렇게 그날 딱 일 분간 긴장하며 조용했던 그때처럼 우리 교실은 연필 소리 말고는 아무 소리도 들리지 않았다.

딸깍!

빡! 삐악! 삐야…… 삐…….

수업 시간에 아무도 떠드는 사람 없이 글쓰기에 열중인 것은 바로 이 소리를 듣기 위해서다. 보통 병아리는 잠들어 있지만 잠깐 깨어서 삐악거리며 우는 순간이 있다. 바로 전구가 켜지는 순간인데, 병아리들은 딸깍하는 소리에 놀라서 "빡~!" 하고 일제히 운다. 그러고는 한 서너 번 삐악삐악 소리를 내다가 이내

꾸벅꾸벅하며 다시 잠드는 것이다. 오 분이나 십 분 간격으로 들리는 그 소리를 듣기 위해서 우리는 정말 초인적인 집중력을 발휘했다.

"이번에는 들었다!"

"너무 귀여워. 어떻게 소리까지 이렇게 귀여울 수가 있지?"

한 번 병아리 소리가 들리고 나면 오 분 정도는 전구가 다시 깜빡이지 않아서 아이들은 그때까지 참았던 목소리를 한꺼번에 내뱉었다. 물론 수업 시간이기 때문에 짝한테 조용히 말하는 정도지만 워낙 조용한 가운데 이야기하는 거라 멀찍이 앉은 하민이 소리도 다른 소리에 섞여서 들렸다.

"수진아, 호랑이 소리 정말 귀엽지 않니? 빨리 쉬는 시간 됐으면 좋겠다."

하민이는 부화한 모든 병아리를 호랑이라고 불렀다. 물론 내가 우리 조 알에서 태어난 병아리인 쑥쑥이는 호랑이라고 불러도 된다고 했지만, 문제는 태어난 병아리들 모습이 다 비슷비슷해서 누가 쑥쑥이인지 구분하기가 힘들었다는 거다. 그럴 때마다 고은별이 나타나서 쑥쑥이를 알려 주었지만, 하민이는 꿋꿋이 모든 병아리를 호랑이라고 불렀다.

우리 반 아이들은 쉬는 시간이 되어도 아무도 교실 밖으로 나가 놀지 않았다. 화장실만 다녀와서는 상자 앞에 모여 앉아 병아리 구경을 했다. 따뜻한 전구 앞에 옹기종기 모여서 꾸벅꾸 벅 졸고 있는 병아리를 보고 있으면 쉬는 시간 십 분은 순식간에 지나가 버렸다. 병아리들이 갓 태어났을 땐 털이 젖어 있었고 눈도 뜨지 못한 채 삐악! 삐악! 하고 울기만 했다. 사실 지수진이랑 처음 부화한 병아리를 발견했을 때, 너무 귀엽고 신기하고 사랑스러웠지만 기대 했던 모습이 아니라 놀랐던 기 억이 난다. 이제는 젖어 있던 털들 이 다 말라서 보송보송한 노란 솜털들 이 굴러다니는 것처럼 보였다.

오늘은 병아리들이 지낼 집을 만들어 주는 날이다. 선생님이 일주일 정도 지나면 이제 밖에서 키워야 한다며 병아리 집을 만들자고 하셨다. 사실 계속 교실에서 키우고 싶은 마음도 있었 지만, 병아리들도 햇볕을 쬐고 좀 더 신선한 공기를 마시면서 뛰어노는 것이 행복할 것 같았다.

선생님은 우리더러 병아리 교육과정이라며 미술 시간에 병아리 집을 설계하고, 수학 시간에는 병아리 집을 만들 때 필요한 재료들의 길이를 재고, 곱하고 나누게 했다.

— 병아리 집은 플라스틱 파이프를 잘라서 만들 거예요. 가로 100센티, 세로 80센티, 높이 70센티의 상자 모양으로 만들기로 했습니다. 필요한 파이프의 길이는 얼마인가요?

— 철물점에서 파는 파이프는 길이가 하나에 250센티입니다. 병아리 집을 만들 때 총 몇 개의 파이프가 필요한가요?

— 파이프는 하나에 8,000원입니다. 또 병아리 집을 둘러쌀 그물은 한 롤이면 충분합니다. 그물은 한 롤에 15,000원이에요. 나사와 톱 등 다른 도구들은 학교에서 빌렸어요. 재료를 사는 데 모두 얼마가 필요하죠?

선생님이 낸 문제는 수학책 속 문제들과 같았다. 그렇지만 우리는 그냥 숫자로 된 답을 구하기 위해서 문제를 푸는 게 아니라 병아리들의 집을 만들기 위해서 수학식을 세우고 곱하고 나누었다. 그러자 수학이 왜 필요한지 조금은 알 것 같았다. 수학

은 그냥 우리를 괴롭히기 위해서 존재하는 것만은 아니었던 것이다. 병아리들에게 조금이라도 더 좋은 집을 지어 주고 싶었던 우리에게 이 숫자는 수학 문제 이상의 가치가 있었다.

방과 후, 학원에 가지 않는 친구들이 남아 병아리들의 집을 더 만들었다. 우리는 플라스틱 파이프를 이용해 큰 집 모양을 만들고, 그 주변을 단단한 그물로 둘렀다. 모든 친구가 다 톱질을 해 보고 싶어 했지만, 가위바위보는 내가 복도에서 달리는 것 다음으로 잘하는 거다. 다른 친구들이 파이프의 길이를 재고 자르는 곳에 선을 그어서 주면, 나는 실톱을 가지고 파이프를 잘랐다. 선생님이 "밀 때는 가볍게 움직이고 당길 때 힘을 주는 거야."라고 시범을 보여 주셨지만, 생각만큼 쉽게 잘리지 않았다. 선생님 손길에는 소시지처럼 잘려 나가던 파이프가 내가 자를 땐 보호막이라도 두른 양 잘리지 않고 버텼다.

'하나, 둘, 셋, 넷…… 아흔일곱, 아흔여덟, 아흔아홉…….'

톱질을 하면서 세는 숫자가 100에 가까워져서야 파이프는 겨우 두 조각으로 나뉘었다. 선생님이 잘린 파이프를 가져다가 구멍을 뚫어 주시면 노하민네 조 아이들은 드라이버를 이용해서 두 파이프를 연결하는 작업을 했다.

"수진아, 나사 좀 줄래? 그리고 임리아, 이것 좀 잡아 줘."

노하민이 레고 블록처럼 연결부와 파이프를 끼운 다음 고정하기 위해서 드라이버를 들고 말했다.

"얼른 우리 호랑이네 집 만들어야지. 삐악~ 삐악~ 호랑이. 음매~ 음매~ 송아지."

노하민이 노래 가사까지 호랑이로 바꾸고 흥얼거리기 시작했다.

"야! 노하민. 병아리보고 왜 다 호랑이래. 우리 병아리는 삐악이야."

옆에 있던 이진경이 참지 못하고 한마디 하자 그 말을 시작으로 노하민의 노래는 완벽한 호랑이송으로 바뀌었다. 「작은 동물원」 노래의 모든 가사가 호랑이로 바뀐 것이다.

"삐악~ 삐악~ 호랑이~ 삐악~ 삐악~ 호랑이~ 삐악~ 삐악 호랑이~ 삐악삐악 우리~ 호랑이~"

노하민은 그런 친구다. 누군가가 관심을 주면 선을 넘는다. 이 사실을 잘 알고 있는 나는 노하민이 뭔가 특이한 행동을 하면 무시한다. 그러면 금방 흥미를 잃고 더 이상 그 행동을 하지 않기 때문이다. 이런 노하민 사용 설명서는 내가 노하민과 3년 정도 함께 다니고 나서야 터득했는데 만난 지 100일도 되지 않은 이진경이 이것을 알 리 없었다. 아마 이 호랑이송도 아무도 관심을 주지 않았다면 1절에서 끝났을 것이다.

하지만 내가 몰랐던 것은 이진경도 쉽게 당하고만 있는 성격이 아니라는 것이다. 노하민이 2절을 막 시작할 때쯤 이진경이 말했다.

"야, 노하민. 호랑이 이름 호빵이랑 사랑이 합친 거라면서? 너랑 수진이가 만든 이름에서 한 글자씩 딴 거라 '우리' 호랑이인 거야?"

이진경이 뭔가를 알고 말한 건지 그냥 호랑이송을 멈추기 위해 말한 건지는 모르겠지만, 나는 쉰다섯을 세다가 톱질을 멈추고 두 친구를 바라봤다. 이진경의 공격은 엄청난 효과가 있었다. 끝없을 것 같던 호랑이송이 멈췄고 노하민의 눈동자는 파르르 떨렸다. 이건 아무것도 모르는 사람이 봐도 노하민이 지수진을 좋아하는 게 티가 날 지경이었다. 내 우정을 걸고 지켜 주려던 노하민의 짝사랑이 이렇게 밝혀지는 건가 싶어 머리를 굴렸다. 내가 더 초조했다. 아마 노하민은 내가 지난번 알이 깨졌을 때 겪었던 일시 정지 상태일 거다. 노하민 머릿속엔 지난 추억

들이 주마등처럼 지나가고 있겠지.

노하민을 구해 내기 위해 무슨 말이든 해야 할 것 같았다. 소리를 지를까? 톱에 다쳤다고 하면서? 아니다, 금방 거짓말인 게 들킬 거다. 자르는 선 표시가 좀 이상하다고 말하자. 그래! 그러자.

"저…… 저기, 자르는 선……."

"뭐래, 수진이는 좋아하는 사람 따로 있거든!"

히쭉해쭉 웃으며 지켜보던 임리아가 불쑥 말했다. 다시 건강하게 학교에 다니던 임리아는 지수진과 항상 붙어 다니더니 그동안 서로 비밀도 생겼나 보다. 그런데 비밀인데 저렇게 말해도 되나?

"야! 임리아!"

나사를 전해 주며 다른 파이프 연결을 돕던 지수진이 얼굴이 벌게진 채 임리아를 향해 뛰었고, 임리아는 지수진 반대쪽으로 뛰어 도망가기 시작했다. 폐가 아팠다고 들었는데 저렇게 빨리 뛸 수 있다니…… 이제 말끔히 나았나 보다.

"야, 노하민. 임리아 엄청 빠르지 않냐? 너보다 빠른 것 같은데?"

얼음이 된 노하민에게 땡을 해 주려고 이야기를 건넸지만, 노하민은 나를 쳐다보지도 않고 연신 드라이버를 돌렸다. 방금까지 흘러나오던 호랑이송이 멈춰서인지 노하민에게 충격적인 펀치를 날렸던 이진경도 금방 자기 자리로 돌아갔고, 지수진과 임리아도 저 멀리서 몇 마디 말을 섞고 나서는 다시 병아리 집을 만드는 아이들 무리에 섞였다.

하지만 나는 좀처럼 파이프를 자르는 일에 집중할 수가 없었다. 톱질을 하며 서른 정도를 세고 나서 노하민의 눈치를 살피다가, 또 다음 서른을 셀 때쯤에는 지수진이 좋아하는 아이가 누굴까 궁금해져서 톱질을 계속 멈출 수밖에 없었다. 수십 번을 읽은 「셜록 홈즈」에서는 범인만 찾았지 좋아하는 사람을 찾는 이야기는 없었기 때문에 아무리 생각해도 누군지 짐작이 가지 않았다. 그냥 임리아가 지수진을 놀리기 위해 한 장난일지도 모른다는 생각도 들었다. 아니, 그래야만 했다. 임리아의 말이 진짜라면 지수진이 좋아하는 사람은 노하민이 아닌 게 확실해지기 때문이다.

병아리 집은 제법 근사하게 완성되었다. 튼튼한 파이프로 만든 구조물에 튼튼한 그물이 연결된 단순한 구조였지만 호랑이들, 아니 병아리들이 들어가서 살기에 충분히 넓고 아늑해 보였다. 고은별이 한마디 하기 전까진 분명 근사한 집이었다.

"얘들아, 근데 병아리들이 왔다 갔다 할 문은 어디지?"

그렇게 우리의 출입구 없는 병아리 집이 완성되었다.

3부

호랑이를
부탁해

8

1퍼센트

이제 병아리들은 학교 텃밭 옆에 만들어진 새로운 집에서 지내고 있다. 출입구가 없는 집에 병아리들이 들어가는 방법은 의외로 간단했다. 병아리 집 바닥에는 그물을 두르지 않았기 때문에 기둥을 살짝 들어 올려서 병아리들을 몰아 주기만 하면 병아리들이 들어갔다 나왔다 할 수 있었다. 출입문을 만들고 여닫는 것보다 오히려 더 좋은 것 같기도 했다. 왜냐하면 병아리 집에는 병아리만 들어가는 것이 아니라 우리도 오가는 일들이 잦았기 때문이다. 매일 모이를 주고 깨끗한 물을 주려면 병아리집에 들어가야 하는데, 병아리를 위한 작은 문이 있었다면 병아리 집에 들어갈 때마다 좁은 문을 통과하기 위해 흙바닥을 길 수밖에 없었을 것이다. 하지만 지금은 그냥 병아리 집을 살짝 들어 주기만 하면 제법 넓은 공간이 생겨서 누구든 쉽게 드나들 수 있었다.

쉬는 시간이 되면 병아리 집 주변에는 항상 많은 아이들이 모여들었다. 특히 좀 길게 쉴 수 있는 점심시간에는 텃밭 근처에 있는 병설유치원 동생들과 1, 2학년 아이들이 몰려와서 병아리들을 구경했다.

"자, 얘들아. 여기 이 선 밖에서 보는 거예요. 병아리 집은 만지면 안 돼요. 병아리들이 놀라거든요. 그리고 먹이는 여기 있는 형, 누나들이 챙겨 주고 있어서 더 주면 안 돼요. 매일 12시 30분부터 20분간 병아리 산책 시간이 있어요. 병아리 모이를 주고 싶은 친구들은 그때 찾아오면 병아리 산책하는 것도 구경하고 모이 주기도 할 수 있어요. 단, 언니 말 잘 듣는 친구들만!"

우리 반 반장 고은별은 매일같이 병아리를 보러 몰려드는 동생들을 줄 세우고 질서를 지키게 하는 데 특별한 능력이 있었다. 장난치고 까불거리던 아이들도 고은별이 몇 번 말하면 반듯하게 앉아서 병아리들을 관찰했다. 고은별이 하지 말라고 안내

했던 제한선 지키기, 병아리 집 만지지 않기 등은 저학년들 사이에 입소문이 나서 새롭게 병아리를 보러 온 아이들도 당연히 지키게 되었는데, 나중에는 1학년 선생님 한 분이 찾아와 어떻게 1학년 아이들을 이렇게 반듯하게 앉혀서 질서를 지키게 했는지 비법을 물어보기도 했다.

"글쎄요. 병아리 산책 시간에 질서 잘 지켰던 친구들한테만 모이 줄 기회를 준다고 했는데, 그게 효과가 있었나 봐요."

고은별은 별것 아니라는 듯이 이야기했다. 병아리가 내 손 위에 올려진 모이를 쪼아 먹는 경험을 하는 건 정말 짜릿한 일이다. 그리고 그 광경을 몇 번 지켜본 아이들이 저 누나, 언니 말을 잘 들어야 자기도 해 볼 수 있다고 하니 고은별 말이라면 껌뻑 죽을 수밖에. 하지만 분명한 건, 이건 고은별이라서 가능한 거다. 나도 1학년 아이들에게 몇 번 고은별처럼 말해 봤지만 통하지 않았다. 뭔가 특별한 것이 있는데, 그걸 말로 설명하기는 좀 힘들다. 인정하기는 싫지만, 고은별은 분명히 반장으로서 특별한 능력을 타고났다.

1학년 아이들이 고은별 다음으로 귀를 기울이는 친구는 놀랍게도 노하민이다.

"오빠, 왜 병아리한테 호랑이라고 그래?"

"이 병아리 이름이 호랑이야. 나중에 크면 삐악삐악 대신 어흥! 하고 울 거야."

"거짓말. 저기 병아리 이름 쑥쑥이, 노랑이, 삐악이라고 적혀 있잖아. 나도 한글 읽을 수 있어."

"그건 비밀을 숨기기 위해서 적어 둔 거야. 잠깐만 모여 봐. 이건 비밀인데…… 이 병아리들 어미 닭 품에서 부화한 게 아니라 우리 교실에서 부화한 거 알고 있지? 그때 천재 과학자인 우리 반 선생님이 달걀 속에 호랑이 유전자를 주입하셔서……."

이런 식이다. 노하민이 하는 허무맹랑한 이야기는 딱 1학년 동생들에게 호기심을 일으키기에 너무나 적절했고, 아이들은 심각한 표정으로 노하민과 병아리들을 번갈아 보며 끝없이 이어지는 노하민의 이야기에 귀를 기울였다. 우리 반 아이들은 고개를 절레절레 흔들며 지나갔지만, 사실 끊임없이 질문하는 1학년을 상대할 사람은 노하민밖에 없었다. 노하민의 이야기가 이어지는 동안에는 동생들이 이야기를 들으며 얌전하게 병아리를 보고 있었기 때문에 그 사이 우리는 온전히 먹이를 주고 물도 갈아 주고 바닥 청소도 할 수 있었다.

"삐악~ 삐악! 호랑이! 삐악~ 삐악! 호랑이! 삐악~ 삐악~ 호랑이. 삐악삐악 우리 호랑이!"

노하민의 이야기에 빠진 1학년 아이들이 호랑이송을 합창할 정도가 되자 이 노래를 싫어하던 이진경을 비롯한 몇몇 친구들이 급기야 '호랑이의 기원'이라는 제목의 안내문을 만들어 병아리 집에 붙여 두었다. 호랑이는 사실 '호빵이+사랑이'라는 설명이 붙었지만 이미 호랑이는 삐악삐악 운다고 세뇌된 1학년 아이들은 한동안 교실과 복도에서 호랑이송을 계속 불러 댔다. 이 노래가 무서운 것은 나도 모르게 흥얼거리게 되고, 하루 종일 머릿속에서 자동 재생된다는 점이다. 이를 닦다가도, 밥을 먹다가도, 수업 시간에 문제를 풀다가도 호랑이송을 흥얼거리다가 흠칫 놀란 게 한두 번이 아니다.

하민이랑 둘이 당번이 되어서 병아리 모이통을 씻고 있을 때였다. 나도 모르게 "삐악~ 삐악~ 호랑이."라고 흥얼거리다 아차 싶어서 노하민을 보니 씩 웃으며 나를 보고 있는 게 아닌가? 왠지 노하민에게 진 기분이 들어서 급히 노래를 멈췄다.

'1학년도 아닌데, 내가 이렇게 노하민의 마수에 빠지다니…….'

호랑이송의 잔상을 지우려 머리를 도리도리 흔들며 모이통의 물을 탈탈 털었다.

"이우주. 너 내가 지수진 좋아했던 거 알지?"

진즉에 알고 있었지만, 누구한테도, 당사자인 노하민한테도 말한 적 없는 비밀이었다. 엄밀히 말하면 노하민의 비밀이지 내 비밀이 아니지만, 그런데도 나는 노하민의 한마디에 셜록 홈즈가 "범인은 이 안에 있다!" 하고 외친 걸 들은 것마냥 깜짝 놀랐다.

"뭐? 뭐야 갑자기?"

"그냥. 다른 친구들한테 소문 안 내서 고맙다고."

노하민이 수도꼭지를 잠그고 물통을 탈탈 털면서 말했다. 흠칫 놀란 내가 무안할 만큼 아무것도 아니라는 듯이 이야기하는 모습을 보자 살짝 헛웃음이 나왔다. 이렇게 아무렇지 않게 말하기에는 너무 오래 지킨 비밀이다. 내가 아는 노하민이라면 머릿속으로 몇 번은 연습한 뒤에 했을 말이라 나도 조금은 진지하게 대답했다.

"내가 알고 있는 건 어떻게 알았냐?"

"야. 우리가 붙어 다닌 게 몇 년인데…… 척하면 딱이지. 이우

주, 너는 추리 소설만 보지 말고, 로맨스를 좀 읽어야겠다.「소
나기」같은 거 말이야. '바보~!' 하면서 냇가에 돌 던지는 소녀
의 마음을 너 같은 꼬맹이가 알까?"

"누가 누구보고 꼬맹이래. 그리고 너 사춘기냐? 뭔 로맨스 타
령이야?"

"몰라, 그럴지도. 근데 지금은 지수진 안 좋아해."

방금 노하민이 "지수진 좋아했던 거 알지?"라고 과거형으로
말해서 사실 이미 짐작했다. 역시 이 험한 세상을 살아가는 데
는 로맨스보다는 추리와 논리가 필요한 법이다.「소나기」에서
소녀가 돌을 던지며 바보라고 하는 건 잘못된 행동이다. 자칫
잘못하다가 다른 사람이 돌멩이에 맞으면 어떡하나? 선생님께
혼나고, 학교 폭력으로 신고될지도 모른다. 노하민에게 이런 세
상의 이치를 어떻게 가르쳐야 할지 참 막막하다.

"너 이름 점 알지? 예전에 지수진 좋아할 때 내 이름하고 이
름 점을 봤거든? 그런데 지수진이 나를 좋아할 확률이 몇 퍼센
트 나왔게?"

"몰라. 그런 것도「소나기」에 나오냐?"

나도 이름 점이 뭔지 잘 알고 있다. 노하민이 지수진 좋아한

다는 것을 알게 된 게 바로 그 이름 점을 본 흔적을 발견했기 때문 아닌가? 하지만 나는 그 사실을 들키기 싫어서인지, 아니면 아까 꼬맹이라고 무시한 것 때문인지, 아니면 추리 소설보다 사랑 이야기를 더 높게 치는 노하민에게 마음이 상해서인지 '나는 이름 점 같은 건 모르고, 그런 건 관심 없다'는 식으로 말했다.

"1퍼센트. 이름 점에서 나오는 가장 낮은 확률이 1퍼센트인데, 그게 나오더라. 지수진이 나를 좋아할 확률이 1퍼센트라니, 너무하지 않나?"

노하민은 내 뚱한 표정은 전혀 상관하지 않고 이야기를 이어 갔다.

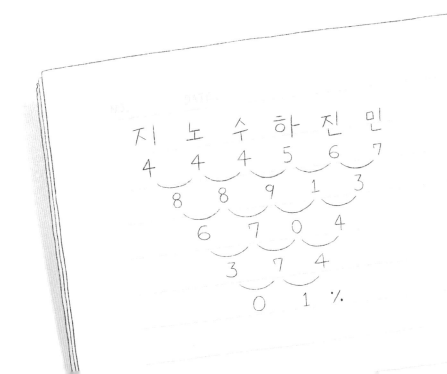

"1퍼센트 정도면 좋아하는 게 아니라 싫어하는 거 아냐?"

"야, 그건 아니야. 이름 점은 그 사람이 나를 좋아할 확률을 알려 주는 거야. 내가 멋진 모습을 100번 보여 주면 1퍼센트에서 100퍼센트가 될 수도 있는 거라고."

노하민은 병아리 모이통과 물통 씻은 것들을 주섬주섬 들고 병아리 집 쪽으로 걸으며 말했다. 조금 전까지는 지수진을 안 좋아한다더니, 이제는 1퍼센트도 극복할 수 있다고 말하니 어디에 장단을 맞춰야 할지 모르겠다. 그리고 요즘 같은 첨단 과학 시대에 무슨 점이냐는 생각이 들어 노하민을 쫓아가며 이야기했다.

"넌 무슨 그런 걸 믿냐? 네가 좋으면 좋은 거고 아니면 아닌 거지."

말은 이렇게 했지만 1퍼센트라니 신기하긴 하다. 이름 점에 따르면 지수진이 노하민을 좋아할 확률은 거의 없다는 뜻이 아닌가? 곰곰이 생각해 보면 노하민이랑 지수진은 같은 조여도 함께 논 적이 많지 않기 때문에 이해가 되기도 했다. 지수진은 지금은 좀 달라졌지만, 처음에는 여자애들하고만 조용히 어울렸고, 노하민은 남자애들이랑 축구하고 노는 걸 좋아했기 때문에 서로 잘 어울릴 기회가 없었다. 그렇다 보니 이름 점이 낮게 나오는 게 제법 진짜처럼 느껴졌다.

'아냐. 내가 이런 비과학적이고 미신 같은 이야기에 혹하다니.'

머리를 절레절레 저으며 걷다 보니 어느새 병아리 집 앞까지 와 있었다. 노하민과 나는 깨끗하게 씻은 통에 정성껏 병아리들이 먹을 모이와 깨끗한 물을 채웠다. 하민이가 병아리 집 안으로 들어가겠다고 해서 내가 집을 들어 올려 주었다. 원래 청소가 끝난 다음에는 모이통만 살짝 넣어 줘야 하는데, 하민이가 들어가는 걸 못 본 척하기로 했다. 선생님도 고은별도 없으니 병아리 집에 들어가서 병아리를 만져 봐도 누구 하나 뭐라고 할 사람이 없었다. 평소 같았으면 나도 들어가지 말라고 이야기했을지도 모른다. 하지만 1퍼센트라지 않은가? 그게 과학적으로 의미 없을지도 모르지만, 사람 마음은 논리적으로 다 설명되지 않음을 알고 있다.

노하민이 애써 웃으며 "형 왔다. 맘마 먹자." 하며 병아리들에게 모이를 뿌려 주는 것을 한참 바라봤다. 유치원 때부터 단짝이었던 친구의 묘한 표정을 보고 있으니, 기분이 이상했다. 보이지 않는 친구의 마음은 알겠는데, 뭐라고 위로해 줘야 할지 생각이 나지 않았다. 이럴 때 말하는 방법은 추리 소설이나 과학책보다는 사랑 이야기에 나와 있을 것 같다는 생각이 들었다.

9
다시 멈춘 시간

쉬는 시간에 임리아가 찾아와서 방과 후에 병아리 산책시킬 때 같이 가자고 했다. 오늘 당번은 임리아랑 지수진인데 병아리 집이 너무 무거워서 들기 힘드니 도와달라는 것이었다. 사실 임리아가 부탁하지 않았더라도 나는 방과 후 병아리들을 보러 갔을 것이다. 병아리 집을 만들고 일주일이 지난 지금까지 병아리 산책 시간에는 한 번도 빠지지 않았다.

매일 산책을 시키는 일은 조금 귀찮을 수도 있는데 병아리가 태어난 것을 제일 먼저 지켜본 '아빠'로서의 사명감 같은 것이 느껴졌다. 그리고 왠지 병아리들이 다른 아이들보다 나를 더 따르는 기분이 들기도 했다. 무엇보다도 병아리를 데리고 학교 텃밭을 한 바퀴 돌면서 신선한 먹이를 챙겨 주는 경험은 어떤 게임보다 훨씬 더 재밌고 짜릿했다.

그새 병아리들은 제법 자라서 날개에 깃털도 생기고 머리에는 닭이 되었을 때 벼슬이 될 부분도 살짝 튀어나왔다. 바닥을 긁어서 흙을 뿌릴 만큼 다리랑 발가락이 굵어지기도 했다. 자세히 보면 소나무 껍질처럼 단단한 갑옷이 둘려 있는 것 같았다. 병아리들이 귀여웠던 처음 모습과는 달라져서인지 1학년 아이들은 예전만큼 많이 찾아오지 않았다.

"다행이다. 1학년 아이들은 없나 봐."

병아리 집 앞에 도착한 지수진이 말했다. 동생들을 가장 잘 다루는 고은별과 노하민이 없다고 걸어오던 내내 신경을 쓰던 지수진은 병아리 산책보다 그게 더 걱정이었나 보다.

"내가 병아리 집 들 테니까 너희가 들어가서 모이통 꺼내고 병아리들 몰아서 나와."

나는 병아리 집을 평소보다 힘껏 높이 들어 올려서 지수진이랑 임리아가 들어갈 수 있도록 했다. 아무래도 조금만 들면 들어가는 아이들이 바닥에 손을 짚거나 무릎이 땅에 닿을 수도 있어서 좀 더 편히 들어갈 수 있게 높이 들어 주었다.

"오! 이우주 힘 센데?"

임리아가 웃으며 말했다. 임리아는 오랫동안 아파서 결석했다는 사실을 까맣게 잊을 정도로 밝고 활발해졌다. 아직 몸이 아픈 건지 한 번씩 심각한 표정을 짓고 있을 때가 있긴 했지만 우리 반 모든 친구들과 언제나 웃는 얼굴로 가깝게 지냈다. 심지어 남자아이들이 축구 할 때도 끼워 달라고 하더니 이리저리 꺄르르 웃으며 뛰어다녔다. 그동안 병원에서 놀지 못한 것까지 한꺼번에 놀려는지 언제나 신난 모습이었다. 병아리들을 돌보는 데도 항상 빠지지 않고 참여했기 때문에 우리 반 아이들 누구나 임리아를 반기고 좋아했다.

"삐악삐악~ 호랑이~"

이 호랑이송도 임리아가 부르는 거다. 노하민이 시작한 호랑이송은 어느새 우리 반 전체에 전파되어서 모두가 부르게 되었다가 이제는 조금 시들해졌다. 하지만 임리아는 병아리들을 만날 때마다 이 노래를 불렀다. 조금 다른 점이 있다면 임리아는 이 노래로 병아리들과 대화를 했다.

"삐악삐악 호랑이~ 산책 가요~ 호랑이~ 저~기로 나가요. 텃밭으로 산책 가요~"

임리아가 오늘도 노래를 부르며 병아리들을 데리고 나오는 동안 지수진은 모이통과 물통을 챙겼다.

"우주야, 고마워. 리아야, 너 맨날 그 노래 불러서 애들이 여자 노하민이라고 부르는 거 알고 있어?"

지수진이 병아리 집을 나오면서 말했다. 여자 노하민이라……. 임리아가 들으면 싫어할지 몰라도 정말 딱인 별명이었다. 지금 보니 임리아의 발랄한 느낌과 노하민의 개구쟁이 같은 모습이 똑 닮았다. 나도 모르게 키득키득 웃음이 새어 나왔다.

"그래? 나야 영광이지. 하민이는 재밌고, 운동도 잘하고, 조별 활동할 때도 이것저것 잘 챙겨 주는 친절한 친구잖아."

임리아의 예상치 못한 대답에 '네가 잘 몰라서 그러나 본데…… 단짝 친구인 내가 봤을 때 노하민은…….' 하는 말이 입 안에 맴돌다가 재밌고, 운동도 잘하고, 친절한 친구라서 나도 하민이를 좋아한다는 사실을 깨달았다.

'맞아. 다들 하민이를 장난꾸러기로만 보지만 하민이의 진짜 모습은 그렇지.'

한 달도 되지 않아 하민이의 진짜 모습을 꿰뚫어 보는 임리

아가 내심 대단해 보였다. 또 내 단짝 친구를 좋게 봐 주니 어깨
가 으쓱하면서 기분이 좋았다.

"사실 노하민 같은 친구가 우리 엄마가 제일 좋아하는 사윗
감이야. 하하하. 우리 엄마의 이상형은 건강하고 다른 사람을
웃게 만드는 사람이거든. 딱 노하민 아니니?"

병아리들을 텃밭 쪽으로 몰며 임리아가 말을 이어 갔다.

"어릴 때부터 내가 좀 많이 아팠냐? 그러다 보니까 우리 엄마
는 건강이 첫째야. 그리고 아팠던 내가 많이 웃을 수 있게 만드
는 사람이랑 결혼했으면 좋겠대. 우리 엄마도 참 유난이지? 초
등학교 5학년 딸한테 사위는 이런 사람이었으면 좋겠다고 말
하다니 말이야. 하하하."

유쾌하게 웃는 임리아 앞으로 지수진이 들어와서 새 모이와
물을 놓아두었다. 병아리들은 한참 동안 텃밭에서 흙을 파며 놀
다가도 배가 고프면 모이를 먹고, 목이 마르면 물을 마시며 놀았
다. 그동안 우리는 텃밭 입구에 아무렇게나 앉아서 이야기를 나
눴다. 아니, 정확히 이야기하면 임리아가 이야기하고 지수진과
내가 이야기를 들었다. 임리아는 병원에서 만났던 간호사 언니
들과의 에피소드부터 우리 담임 선생님이 얼마나 자상하신지

너흰 모를 거라는 이야기까지 정말 쉴 새 없이 말했다.

"내 이상형은 말이야. 우리 선생님처럼 자상하고, 하민이처럼 다른 사람들 즐겁게 해 주고, 우리 수진이처럼 내 이야기를 잘 들어 주는 사람이야. 이우주, 넌 이상형 없어?"

한참을 이야기하던 임리아가 갑자기 눈을 반짝이며 나에게 물었다.

"글쎄, 갑…… 갑자기?"

여자애들은 보통 이런 대화를 하나? 나는 뭐라고 얘기해야 할지 감을 잡을 수가 없었다.

"에이, 재미없게. 수진이 이상형은 뭔지 알아?"

"야! 임리아. 말하지 마!"

"뭐 어때? 뭐라더라? 같이 있으면 시간이 멈추는 사람이래. 웃기지 않냐? 수진이 넌 판타지를 너무 많이 읽은 것 같아. 해리 포터도 아니고 시간이 어떻게 멈추냐? 하하하."

일주일 전 병아리 집을 만들 때처럼 임리아는 냅다 뛰면서 이야기했고, 지수진은 얼굴이 벌게져서 임리아를 쫓았다. 그리고 나는 얼어붙은 듯 그 자리에 있을 수밖에 없었다.

셋이서 병아리들을 다시 집 안으로 옮겨 두고 헤어질 때까지

시간이 어떻게 지나갔는지 모르겠다. 심장이 시끄럽게 쿵쾅거려서 임리아가 말하는 소리가 잘 들리지 않았다. 왠지 지수진 얼굴을 볼 수가 없어서 고개를 숙인 채 애꿎게 신발로 바닥을 툭툭 찰 뿐이었다.

오늘은 숨이 차게 뛰지도 않았는데 얼굴이 빨개졌다. 병아리가 태어나길 기대하느라 가슴이 두근거린 것도 아니다.

'같이 있으면 시간이 멈추는 사람.'

놀라운 광경을 봤을 때 시간이 멈춘 듯 느껴지는 것처럼 같이 있으면 너무 좋아서 시간이 멈추는 느낌이 드는 사람이라 생각하니 별로 이상하지 않았다. 아니 너무나도 이상형이라는 말과 잘 어울리는 표현이었다. 문제는 시간이 멈추고 병아리가 태어나던 그 순간 교실 문 앞에서 지수진과 함께 손을 잡고 서 있었던 기억이 떠올랐다는 거다.

'분명 그때 내 시간은 멈춰 있었어. 근데 그건 지수진이랑 같이 있어서가 아니라 병아리가 태어나는 잊지 못할 광경을 봐서야.'

아니다. 이건 다 노하민 때문이다. 노하민이 「소나기」를 읽어 보라고 하지만 않았어도 이런 생각은 하지 않았을 거다. 아무

튼 로맨스는 세상 쓸데가 없다. 오늘 집에 가면 시간이 상대적
으로 흐를 수 있다는 아인슈타인 이야기가 실린 과학 잡지를
봐야겠다.

10

너희의 행복을 위해

병아리들은 하루가 다르게 자랐다. 노란색 솜털 대신 윤기 나는 깃털이 온몸을 뒤덮었고, 머리 위에 볏이 제법 자란 녀석들도 있었다. 게다가 모이를 주기 위해 가까이 가면 날개를 퍼덕이며 병아리 집 꼭대기까지 날아오르는 바람에 몇몇 친구들은 병아리 집에 들어가는 것을 무서워하기도 했다. 알에서 부화한 지 한 달 정도 지난 지금 병아리들은 이제 씩씩한 어린 닭이 되어 있었다.

"역시 우리 호랑이야. 이 좁은 우리는 너희에게 어울리지 않지!"

며칠 전부터 노하민은 어린 닭이 된 호랑이들을 보며 내심 만족스러운 표정을 지었다. 노하민 말대로 이제 우리가 힘들게 만든 집은 닭이 된 병아리들에게는 너무 좁아 보였다. 조금만 날개를 퍼덕여도 천장까지 날아올라서 부딪히는 바람에 여기저기 깃털이 빠져 있기도 했다. 더군다나 혈기 왕성해진 어린 닭들은 산책을 나왔다 하면 다시 좁은 집으로 들어가기를 원하지 않았다. 여기저기 날개를 퍼덕이며 도망가는 통에 산책하는 데 전보다 두 배는 긴 시간이 걸렸다.

"저쪽 길 막고 텃밭 고랑 따라서 이쪽으로 몰아. 노하민, 병아리 집 들어 올릴 준비됐어?"

우리 반 아이들은 고은별의 지휘 아래 일사불란하게 움직여 세 마리 어린 닭을 몰아서 집 안에 넣으려 했지만, 연신 잽싸게 도망가는 바람에 번번이 실패했다.

"호랑아, 이리 와. 맘마 먹자."

지수진이 손에 모이를 올려 두고 부른 뒤 내가 양손으로 조심스레 날개 부분을 안아 들고 나서야 간신히 닭들을 우리 안으로 넣을 수 있었다. 병아리들은 닭이 될 때까지 사람을 무서워하지 않고 우리 반 친구들을 잘 따랐는데, 그중에서도 나와

지수진을 제일 좋아하는 듯했다. 태어나는 순간 제일 먼저 본 사람을 기억하는 건지 아니면 그동안 모이 주고 산책하며 가장 많이 본 얼굴을 기억하는 건지는 모르겠지만, 산책하고 집에 들어가기 싫어하는 어린 닭들을 진정시킬 수 있는 건 우리 둘뿐이었다. 신기한 건 쑥쑥아, 아리야, 하고 불러도 듣지 않다가 꼭 "호랑아." 하고 불러야 닭들이 반응한다는 거다. 이건 아무래도 노하민과 임리아가 쉴 새 없이 호랑이송을 불러서인 것 같다.

사람 말을 알아들을 수 있는지는 확실하지 않다. 하지만 분명 동물들은 야생에서 살아남기 위해 사람보다 청각이 예민할 것이다. 닭이 된 병아리들이 태어나서 지금까지 가장 많이 들었던 말이 호랑이라면 그 말을 가장 친숙하게 여기지 않을까? 분명 모두가 동의할 거라 생각하고 아이들에게 내 추리를 공개했지만, 반응은 의외로 차가웠다.

"호랑이니까 호랑이 이름을 듣고 반응하는 건 당연한 거야. 이우주, 이제 인정해. 얘네는 호랑이야."

"맞아. 호랑이가 삐악삐악하고 우는 건 우리 학교 1학년 아이들도 다 아는 사실이라고."

노하민 하나도 벅찬데 이제는 여자 노하민인 임리아까지 거

들고 나서니 도저히 상식적인 이야기가 통하지 않았다. '1학년 애들이 삐악삐악 호랑이 하는 건 너희가……' 목구멍까지 나오던 말을 꾹 참고 있으니 지수진이 어깨를 툭 치며 고개를 천천히 내저었다. 지수진은 눈빛으로 '이해해. 아무 말 안 하는 게 정신 건강에 좋을 거야.'라는 메시지를 보냈고 나는 정확히 알아들었다. 아무래도 지수진은 노하민, 임리아랑 같은 모둠이다 보니 이런 상황을 더 많이 겪었을 테지. 지수진이 살짝 안쓰럽게 느껴졌다.

"이번 주 학급회의 주제는 병아리…… 아니 닭들을 어떻게 할 것인지에 대해서입니다."

일주일에 한 번. 금요일 제일 마지막 시간에 하는 우리 반 학급회의 시간을 알리는 반장 고은별의 말에 떠들던 아이들도 조용히 집중하기 시작했다. 마침내 두 달 전 달걀 부화 프로젝트를 시작하면서부터 정해져 있던 '입양'의 시간이 다가왔기 때문이다.

뭐든지 정답을 알려 주는 대신 우리더러 해 보라고 하시던 선생님이 달걀 부화 프로젝트를 시작할 때는 '하지 말아야 할 것'과 '꼭 지켜야 할 것'에 대해 진지하게 설명해 주셨다. 사실 그때는 달걀을 부화하고 싶은 마음에 선생님 말씀이 그렇게 귀에 들어오지는 않았는데, '꼭 지켜야 할 것' 중 딱 하나는 저절로 머릿속에 박혔다.

"병아리가 잘 자라서 닭이 되고, 우리가 더 돌보기 힘들어지면, 닭들이 가장 행복하게 살 수 있는 집을 찾아서 입양 보낼 것."

그때는 당연히 그래야지 하면서 들었던 내용인데 막상 병아리들이 크고 나니 지금이 입양을 준비할 시간이라는 것을 인정하기가 싫었다. 몸집은 좀 커졌지만, 아직 삐악삐악 울고, 나랑 지수진 따라서 산책도 잘해서 한 달은 더 학교에서 키울 수 있을 것 같았다.

"병아리들이 많이 자라서 닭이 되었단다. 여러분이 잘 돌봐준 덕분이야."

선생님은 '이제 닭들에게 병아리 집은 작다' '곧 장마가 시작돼서 더 안전한 공간이 필요하다' '학교에서는 더 큰 공간을 만들 수 없다' '여름 방학이 오면 돌보기 더 힘들어진다'는 정말 반박할 수 없는 논리로 이야기를 이어 가셨다. 조금 더 키우고 싶은 마음에 이리저리 머리를 굴려 보았지만, 어떤 말도 생각이 나지 않았다. 사실 호랑이가 더 행복하게 지내기 위해서는 좀 더 넓고 쾌적한 곳에서 사는 것이 좋을 것이다. 하지만 그렇게 되면 헤어지게 된다는 생각에 마음이 무거웠다.

"지금 우리가 생각해야 할 건 닭들이 가장 행복하게 지낼 수 있는 곳을 찾아서 입양 보내는 거라고 생각합니다. 그래서 입양 신청서를 받았으면 좋겠어요."

고은별이 차근차근 회의를 진행했고, 아이들은 입양 신청서를 받고 여러 가지 항목을 보고 평가한 뒤에 가장 좋은 곳에 호랑이들을 보내기로 이야기를 이어 나갔다.

"마당이 있으면 좋겠어요. 아파트는 키우기 힘들 테니 마당이 있는 주택에 사는 친구 집에 우선 입양해요."

"혹시 다른 닭들을 키우고 있는 집도 있을까요? 친구들이 생기면 더 좋을 것 같아요."

"우리 반 친구들이 보고 싶을 때 보러 가도 된다고 허락해 주는 집에 보내요."

아이들은 앞다투어 의견을 내기 시작했고, 나도 좋은 조건의 집이라면 호랑이들을 보내도 괜찮겠다는 생각이 들었다.

"그런데 아무도 없으면 어떡해? 우리 학교 주변은 다 아파트잖아. 마당 있는 집 거의 없을걸? 우리 반에서 마당 있는 집 사는 사람?"

가만히 듣고 있던 노하민이 조심스레 이야기하자 의견을 내느라 소란스럽던 교실은 한순간에 조용해졌다.

"봐 봐. 우리 반에도 없잖아. 그리고 마당에 사는 친구를 찾았다고 하더라도 부모님께 닭 키우는 걸 허락받을 친구 찾기는 더 힘들걸?"

장난기 전혀 없이 진지하게 이야기하는 하민이를 보니 호랑이들을 보내기 싫어서 회의에 적극적으로 참여하지 않고 있던 내가 부끄러워졌다.

"그래도 전교에 안내문 붙이면, 신청서가 들어올 거야. 1학년들이 호랑이 얼마나 좋아했는데? 1학년 애들이 조르면 부모님들도 허락해 주실지도 몰라."

이진경이 무거운 분위기를 깨며 이야기했다. 처음엔 호랑이들을 보내는 걸 아쉬워했던 우리 반 아이들도 좋은 입양처를 찾는 것이 쉽지 않은 일이며 그러기 위해선 우리가 열심히 준비해야 한다는 것을 깨닫고 있었다.

"혹시 우리 학교에서 아무도 원하는 사람이 없을 경우에는 주변에 있는 양계장을 알아봐야 할 것 같아."

우리 이야기를 듣고 계시던 선생님이 한마디 거들었을 때, 아이들의 표정이 바뀌었다.

"선생님, 근데 호랑이들이 양계장으로 가면 치킨이 되거나 알을 낳는 우리에 갇혀 지낼 수도 있어요?"

양계장이라는 말에 나도 뭔가 꺼림직한 느낌이 들어 선생님께 물어보았다. TV 뉴스 화면에 '조류독감'이라는 제목으로 봤던 그 양계장 장면이 떠올랐기 때문이다.

"그럴지도 모르지. 자연적으로 방목해서 키우는 곳을 찾아보겠지만 그런 곳은 외부에서 온 닭들을 받아 주지 않을지도 모르니까……."

회의를 하기 전까지는 난 호랑이들과 헤어지는 게 너무 슬펐다. 하지만 지금은 호랑이들이 조금 더 행복한 곳으로 갈 수 있도록 최선을 다할 생각이다. 입양하고 싶어 하는 사람이 없으면 우리가 부화시키고 키운 호랑이들이 치킨이 되거나 작은 우리에서 알만 낳다가 세상을 떠날지도 모른다고 생각하니 견딜 수가 없었다. 그것만은 꼭 막아야 했다.

"그럼 호랑이들 입양 신청서에는 사는 곳, 마당이 있는지, 부모님 허락을 받았는지, 우리가 찾아가도 되는지, 그리고 내가 입양해야 하는 이유 정도 적으면 될까?"

고은별이 회의를 정리했고, 남아서 입양 신청서를 만들 사람들을 모집했다. 나도 힘을 보태기 위해 남아서 '호랑이를 부탁해' 입양 신청서와 안내 홍보물을 만들었다.

"애들아, 너무 걱정 마. 아주 훌륭한 곳에서 호랑이들을 데려갈 거야. 아마 서로 데려가려고 신청서가 넘쳐날걸?"

임리아가 특유의 웃는 표정으로 이야기했지만, 무거운 마음을 감추기는 힘들었나 보다. 평소와는 조금 다르게 쓸쓸한 표정이 살짝 보이는 듯했다. 헤어질 시간이 얼마 남지 않았다는 사실과 우리가 태어나게 만든 생명을 끝까지 책임지지 못한다는 생각에 살짝 눈물이 나올 것만 같았다.

홍보물과 입양 신청서가 완성되자 우리는 학교 곳곳에 붙이기 위해 일어섰다.

"내 말을 믿으라니까. 어려운 일이 있을 땐, 하느님, 부처님, 산신령님, 하면서 빌면 돼. 나도 산신령님께 빌고 몸이 다 나았으니까 믿으라고."

끝까지 무거운 분위기를 풀어 주려는 임리아의 노력에 나도 모르게 피식 웃음이 나왔다. 힐끔 쳐다보니 표정이 어두워 보이던 지수진도 웃고 있었다. 사실 '같이 있으면 시간이 멈추는 사람'이 이상형이라는 이야기를 듣고 나서부터 지수진을 똑바로 쳐다보지 못하게 되었다. 눈이라도 마주치면 얼굴이 빨개질까 봐 지금처럼 힐끔 쳐다보게 된다.

"하느님, 부처님, 산신령님! 제발 호랑이들이 좋은 곳에서 행복하게 살게 해 주세요. 리아야, 이렇게 하면 돼?"

"그렇지! 노하민. 믿는 자에게 복이 있을지어다. 믿음 충만한 하민이는 나랑 별관 쪽에 붙이러 가자. 불쌍한 어린 양들은 저기 6학년 교실 쪽에 붙여 줘."

임리아가 노하민을 데리고 1학년 교실이 있는 별관 쪽으로

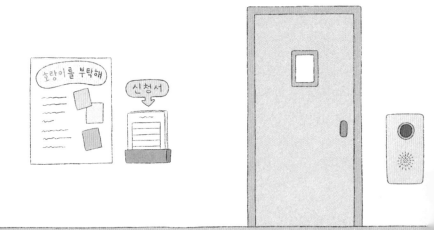

가는 바람에 나는 지수진과 6학년 교실 쪽으로 갈 수밖에 없었다. 지난번 이상형 사건 이후로 이렇게 단둘이 같이 있었던 적이 없어서 긴장되었지만 아무렇지 않은 척 앞장서서 걸었다.

"바로 이 복도를 검은 모자가 이렇게 빠르게 뛰었는데……."

어색한 분위기를 깨뜨리려고 제자리에서 발을 재빨리 굴리며 말했다.

"그러고 보니 예전에 검은 모자가 병아리가 닭이 되기 전까지 찾아와서 사과한다고 하지 않았나? 진짜 검은 모자는 누굴까?"

"이제 이 전단지 붙이면 검은 모자도 사과할 수 있는 마지막 시간이라는 걸 알겠지? 근데 시간이 오래되어서 그때처럼 미안한 마음이 남아 있을지 모르겠어. 우리 반 아이들도 이제는 거의 잊어버린 것 같고……."

이제는 두 달이나 지난 이야기지만 어색한 분위기를 깨는 데는 더할 나위 없는 주제였다. 우리 둘이 같이 겪었던 일이다 보니 다른 친구들은 공감하지 못하는 부분까지 이야기를 나눌 수 있었다. 처음 협의실에 달걀이 깨져 있던 걸 생각하면 아직도 가슴이 철렁하지만, 그 감정을 공감할 수 있는 상대가 있다는 것이 고마웠다.

"그리고 있잖아. 나는 임리아가 엄청 약한 애라고 생각했어. 결석도 많이 했으니까⋯⋯. 근데, 같이 지내 보니까 세상 활기차더라."

지수진과 함께 이야기할 수 있는 두 번째 주제는 임리아였다. 지수진과 가장 친한 임리아 이야기를 하며 '호랑이를 부탁해'라고 적힌 홍보물을 붙였다.

"사실, 리아 아직도 아파서 병원에 다녀. 다른 친구들이 아프다고 안쓰럽게 보는 게 싫어서 일부러 밝고 활발한 척하는 거야."

지수진이 테이프를 뜯어 주면서 말했다. 임리아가 너무 밝게 생활하고 있어서 이제는 다 나았을 거라고 생각했는데⋯⋯. 지수진의 말에 짧은 탄식이 나왔다.

"그랬구나……. 근데 그것도 노하민이랑 닮았네? 하민이도 옛날에는 되게 조용했는데, 친구들이 무섭게 보는 게 싫다고 일부러 웃기게 행동하더라. 걔 원래 되게 진중해."

여자 노하민이라는 임리아 별명이 생각나서 하민이 이야기 나왔다. 지금은 아무도 모르지만 하민이는 어렸을 때부터 덩치가 커서 가끔 무서워하는 친구들이 있었다. 그게 싫었던 하민이가 어느 순간부터 장난을 치면서 다른 아이들과 어울리기 시작했고, 지금의 장난꾸러기 이미지를 갖게 된 거다.

"둘이 비슷한 게 잘 어울리네. 하하. 리아 엄마가 1순위 사윗감으로 꼽으실 만한데?"

두 친구의 이야기를 하다 보니 어느새 우리가 맡은 곳에 홍보물을 다 붙였다.

"하느님, 부처님, 산신령님! 호랑이들이 좋은 곳으로 갈 수 있게 부탁드려요."

마지막 홍보물을 붙이며 아주 작은 목소리로 임리아가 알려준 주문을 외며 빌었다. 과학을 사랑하는 초등학생으로서 하면 안 될 행동인 것 같아 최대한 작은 목소리를 냈지만, 지수진이 그걸 들었나 보다.

"바보."

지수진이 배시시 웃으며 말했다. 나는 또 얼굴이 붉어졌다.

11

누군지 알 것 같은데?

놀라운 일이 일어났다. 입양 신청서가 여덟 통이나 들어온 것이다. 학교 주변이 아파트 단지라 닭을 키울 수 있는 집이 거의 없을 거라고 걱정했는데, 이렇게 많은 신청서가 들어오다니 놀라운 일이 아닐 수 없었다. 반 아이들의 표정도 어느 때보다 밝았다. 이제 적어도 호랑이들을 양계장으로 보낼 걱정은 하지 않아도 되었다.

알고 봤더니 우리가 병아리를 키우고 있다는 소식은 우리 지역에서 제법 유명했고, 반장 고은별이 엄마를 통해 '호랑이를 부탁해' 입양 안내문을 맘카페에 올리고 난 다음에는 댓글이 50개도 넘게 달렸다고 했다. 맘카페에서부터 시작된 관심으로 인해 꼭 집이 아니더라도 조금 떨어진 주말농장이나 시골 할머니 댁에서라도 키우고 싶다는 신청서들이 많이 들어온 것이었다.

선생님은 들어온 신청서들을 확인하다가 잠깐 놀란 표정을 짓고는 흐뭇하게 웃으셨다. 그다음에는 신청서의 이름들을 모두 가리고 우리에게 보여 주셨다.

"모두 열심히 노력해 준 덕분에 닭들을 입양하겠다는 신청서가 많이 들어왔어. 그중 부모님의 허락을 받지 않고 낸 1학년 동생들의 신청서들을 제외한 다섯 개의 신청서를 평가해서 최종 입양처를 정할 거야."

아이들은 선생님이 실물화상기로 크게 띄워 주신 신청서들을 하나하나 꼼꼼히 보기 시작했다. 어떤 수업 시간에도 보여 주지 않고 꼭꼭 숨겨 두었던 집중력을 발휘한 것이다.

1번. 주말농장. 차 타고 한 시간 거리. 닭장은 만들어야 함.

2번. 시골 할머니 댁. 차 타고 세 시간 거리. 다섯 마리 닭이 살고 있는 닭장이 있음.

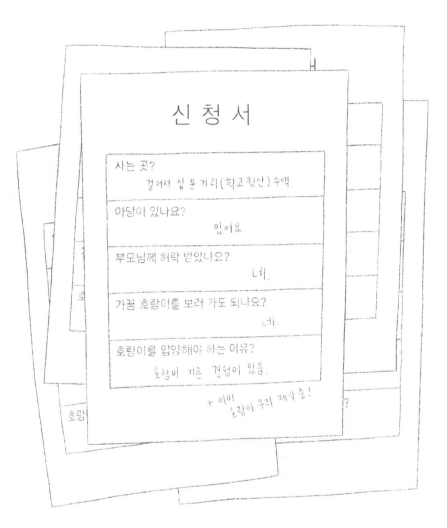

신 청 서

사는 곳?	
	걸어서 십 분 거리 (학교 뒷산) 주택.
마당이 있나요?	
	있어요.
부모님께 허락 받았나요?	
	네.
가끔 호랑이를 보러 가도 되나요?	
	네.
호랑이를 입양해야 하는 이유?	
	호랑이 기른 경험이 있음.

+ 이미
호랑이 우리 채식 중!

3번. 텃밭. 걸어서 사오십 분. 닭장 없음. 닭은 길러 보지 않았지만 기르고 싶어요.

4번. 우리 집(아파트). 걸어서 십 분. 엄마가 아파트 베란다에서 키워도 된대요.

5번. 주택 마당. 걸어서 십 분(학교 뒷산). 호랑이 기른 경험 있음. 이미 호랑이 우리 제작 중.

1번과 2번 후보지는 너무 멀었고, 4번은 아파트 베란다에서 호랑이들이 행복하지 않을 것 같아서 제외. 그럼, 3번과 5번이 남는데, 호랑이 기른 경험 있음? 이건 무슨 말이지? 하나둘 읽어 가며 어디가 좋을지 생각하고 있을 때, 모두가 '5번 호랑이 기른 경험 있음'에서 의아해하고 있었다.

"3번도 괜찮지 않아? 조금 멀긴 한데 주말에는 갈 수 있는 거리니까……."

노하민이 먼저 이야기하자 다른 친구들도 앞다투어 말했다.

"5번은 누가 장난으로 썼나 봐. 5번 말고 다른 데 골라야겠어."

"우리 반에는 주택 사는 사람 없잖아. 호랑이 산책시켜 본 1학년 애들인가?"

"5번이 다른 조건들은 제일 좋은 것 같은데……."

"난 2번도 좋아. 현실적으로 우리가 매번 찾아갈 수 있는 것도 아니고 거리는 조금 멀어도 할머니네 닭장에서 함께 크는 게 좋을 것 같아."

"잠깐만!"

제각기 웅성대며 이야기하던 아이들이 모두 일제히 멈추고 소리가 난 곳을 바라보았다. 그곳에는 임리아가 차분한 표정으로 앉아 있었다.

"5번이 딱이잖아. 일단 거리 가깝지. 뒷산이면 우리 교실에서도 보이잖아. 그리고 병아리들을 호랑이라고 부르는 걸 보니 이미 우리 활동을 잘 알고 있다는 이야기지? 게다가 이미 호랑이 우리도 짓고 있다는데?"

임리아 말을 듣다 보니 나도 5번이 제일 좋은 조건을 가진 곳 같았다. 누가 적은 건지는 모르지만 우리 활동을 관심 있게 지켜보고 있었다는 점이 가장 마음에 들었다. 신청서에서 뭔가 장난기가 느껴지기도 해서 우리 반 친구들을 잘 알고 있는 같은 학년 아이가 아닐까 하는 생각에 이르자, 나는 내 생각을 살짝 전했다.

"산책시킬 때 자주 나온 사람 중 한 명인 것 같은데? 혹시 누군지 들은 사람 없어? 다른 반 애들 중에 병아리한테 관심 있었던 애들도 있었잖아."

우리 반에서 달걀을 부화할 때부터 관심을 가지고 찾아왔던 다른 반 친구들이 꽤 있었다. 부러운 눈으로 한참을 보다가 자기 반 담임 선생님에게 가서 하고 싶다고 조르는 아이들도 있었다. 걔네들이 하도 조르는 통에 결국 우리 반 선생님이 다른 선생님들께 죄송하다고 사과까지 하게 되었던 터라 나는 그 애들이 마음에 들지 않았다. 그 아이들 중 한 명이 호랑이를 데리고 간다고 생각하니 마음이 내키지 않았지만 금세 생각을 바꿨다.

'그래도 양계장보다는 낫겠지. 그리고 다 병아리를 사랑하는 마음에서 그랬겠지. 얼마나 병아리를 좋아하면 선생님이 곤란하실 걸 알고도 그렇게 부탁했겠어?'

나는 분명 그렇게 5번이 다른 반 친구들 중 한 명일 거라고 추리하고 호랑이를 보낼 마음 정리도 마쳤다. 그리고 내 추리를 마주할 다른 친구들의 얼굴을 관찰하기 위해 의기양양하게 교실을 둘러봤다. 내 이름을 딴 'Would you 추리 me?'라는 제목의 나의 기막힌 추리 일대기를 담은 책을 내는 상상을 하면서 말이다. 그때였다.

"난 5번이 누군지 알 것 같은데?"

웅성거리던 아이들 사이에서 계속 아무 말도 하지 않고 있던 지수진이 말했다. 그리 크지 않은 목소리였지만 모두의 이목을 집중시키기에는 충분했다. 노하민이 이 말을 했다면 아이들은 아랑곳없이 계속 이야기를 나누고 있었을 것이다. 하지만 평소에 조용한 데다가 쓸데없는 이야기는 잘 하지 않는 지수진의 한마디였기에 우리 교실은 한순간 조용해졌고, 모두 지수진을 쳐다봤다.

"내 예상이 맞으면 5번 신청서는…… 아니다. 이제 네가 말할 차례야."

갑작스러운 집중에 당황했는지 얼굴이 빨개진 지수진이 말하다 말고 뒤를 돌아봤다.

"맞아. 5번은 나야."

임리아였다. 평소 같은 쌩글거리던 표정이 아니라 사뭇 진지한 모습이었다. 어딘가 아파 보이기까지 했다. 지난번 지수진에게서 임리아가 아직 다 낫지 않았다는 이야기를 들어서인지 얼굴이 평소랑 달라 보였다. 잠깐의 정적이 흐른 뒤, 교실은 떠나갈 듯한 함성으로 가득 찼다. 노하민은 "임리아 짱!"이라고 구호를 외쳤고, "하느님, 부처님, 산신령님!" 하고 외치는 친구들도 보였다. 선생님이 우리를 조용히 시킨 후에야 임리아는 어떻게 된 일인지 설명할 수 있었다.

"잘 알고 있듯이 난 호흡기가 아파서 병원에서 치료를 받고 있어. 그래서 우리 가족은 아파트보다는 나무를 많이 심을 수 있는 주택에서 살려고 준비했었어. 그리고 일 년 가까이 지은 집이 완성되어서 이제 곧 이사 가. 그리고 그 집이 바로 저기야."

임리아가 말하며 가리킨 곳은 교실 창밖으로 보이는 학교 뒷산이었다. 임리아의 말대로라면 호랑이들은 정말 산책하러 가듯 새집으로 이사할 수 있을 것이다. 이어지는 이야기를 들어 보니 임리아의 부모님은 리아가 아파서 입원하면서부터 새집을 준비하셨고, 이번에 호랑이 입양 소식을 듣고서 바로 닭장을 만들고 계신다고 했다.

"우리 아빠는 건축 설계사인데, 그동안 여러 지역을 돌아다니며 일하시느라 나를 잘 못 돌봐 주셨다고 많이 미안해하셨

144

어. 그래서 내가 그걸 이용해서 아빠를 졸랐지. '우리 지금 짓는 집 마당에 호랑이 집도 지어 주면 안 돼요?' 하고 말이야. 물론 호랑이가 닭인지 몰랐던 아빠는 처음에는 깜짝 놀랐다가 나중에는 생각해 본다고 하셨어."

임리아는 지수진과 다르게 우리 모두의 관심에 얼굴이 빨개지는 일은 없었다. 하지만 평소라면 신나서 구구절절 사연을 말할 법도 한데 매우 진지한 표정으로 이야기를 이어 나갔다. 임리아가 어째서 지금까지 이 이야기를 숨기고 있었는지 의아할 뿐이었다.

"근데 어른들이 한번 생각해 본다고 하는 건, 안 된다는 뜻이야. 너네도 알지? 그래서 난 비장의 무기를 꺼내 들었어. 아빠. 난 남들처럼 강아지랑 고양이도 못 키우잖아. 강아지 고양이는 털이 날리니까. 근데 있잖아. 호랑이는 털이 아니고 깃털이 있어! 심지어 집 안에서 안 키우고 마당에서 키운다니까? 이렇게 쉴 새 없이 몰아붙였지. 내가 생각해도 정말 완벽한 작전이었던 것 같아."

"우아. 임리아 대단하다."

노하민이 정말 존경스러운 눈빛을 보내며 이야기에 추임새를 넣었고, 임리아는 비장한 표정으로 한참 동안이나 더 이야기를 이어 갔다. 부모님께 호랑이를 산책시킨 영상을 보여 주며 얼마나 귀엽고 사람을 잘 따르는지 설명한 이야기, 우리가 직접 만든 호랑이 집을 건축가의 눈으로 살펴보시더니 다음 호랑이 집을 기대하라며 바로 설계도를 그리셨다는 아빠 이야기, 엄마와 함께 이사할 집 근처에 호랑이를 데리고 산책할 길을 답사한 이야기.

"그리고 난 이제 너희의 허락을 받고 싶어."

평소의 임리아답지 않게 진지한 부탁이었다. 사실 저번 학급 회의 시간에 우리 반 친구 중에 조건에 맞는 희망자가 있으면 우선적으로 입양하기로 했기 때문에 임리아가 이런 부탁을 하지 않아도 되었다.

"아니…… 정확히 말하면 너희에게 용서를 구하고 싶어. 그동안 속여서 정말 미안해."

말을 이어 가던 임리아의 표정이 울음이 터지기 직전으로 바뀌었고, 목소리는 덜덜 떨리고 있었다.

"내가…… 검은 모자야."

우리는 놀란 토끼 눈을 하고서 아무 말 없이 임리아를 쳐다

볼 수밖에 없었다. 임리아는 떨리는 목소리를 누르고 담담하게
그날의 이야기를 이어 나갔다.

4부

같은 시간,
같은 장소에서

12

그날의 이야기

"리아야, 왜 이렇게 일찍 학교에 가려고 그래? 아직 아침저녁
으로는 쌀쌀해."

매번 끔찍이 내 몸을 걱정해 주시는 엄마가 말했다.

"괜찮아, 엄마. 따뜻하게 입었는걸. 추울까 봐 모자도 썼어.
그리고 오늘은 몸 컨디션이 정말 좋아. 아침 공기도 좋고, 학교
에 일찍 가고 싶어. 아무도 없는 교실에 들어가서 창문을 열고
앉아 있으면 마음이 얼마나 편안한지 알아?"

웃으면서 엄마한테 이야기했지만, 엄마는 여전히 걱정스러
운 표정이다. 엄마가 나를 걱정하시는 데는 다 이유가 있다. 어

릴 때부터 기관지가 안 좋았던 나는 얼마 전까지 폐렴으로 병원에 입원해 있었다. 손가락으로 다 세지 못할 만큼 입원이 잦았던지라 병원 의사 선생님과 간호사 언니들도 내 이름을 다 외우고 계셨다. 그러다 보니 엄마의 저 표정도 이해가 된다.

"그래. 그럼 잘 다녀와. 마스크 잘 쓰고. 아프면 저번처럼 참지 말고 선생님께 꼭 이야기해야 해."

엄마의 걱정스러운 배웅을 뒤로한 채 이렇게 일찍 학교로 가는 것도 다 이유가 있다. 병원에서 퇴원 후 처음으로 등교하는 날이라 들뜬 것도 있지만, 사진으로만 봤던 달걀 부화 과정이 너무 궁금했기 때문이다. 수진이가 가끔 사진을 찍어서 보내 줬지만, 사진을 보면 볼수록 실제로 더 보고 싶었다.

5학년이 된 후 일주일 만에 폐렴이 도져서 병원에 입원했고, 꼬박 한 달이 지난 지금에 와서야 학교에 다시 갈 수 있게 되었다. 다른 친구들은 학교에 다니기 귀찮고, 재미없고, 지루하다고 하지만 나는 그걸 이해할 수가 없었다. 나는 학교에 가는 게 제일 좋다. 친구들과 수다 떠는 것도 좋고, 다른 친구들은 싫다고 하는 수업 시간도 지루한 병원 생활에 비하면 천국이었다. 매일 병원에 누워서 담임 선생님이 올려 준 사진을 보면서 얼른 퇴원하게 해 달라고 빌었는데, 그 이유가 바로 '달걀 부화 프로젝트' 때문이다. 내가 없는 동안 우리 반 아이들은 부화기를 만들고 그 속에 달걀을 넣어서 병아리가 태어나길 기다리고 있었다.

'하느님, 부처님, 산신령님. 제발 병아리가 태어나기 전에 병원에서 퇴원하게 해 주세요. 전 병아리가 꼭 보고 싶어요. 그러면 아빠 엄마 말씀도 잘 듣고, 친구들하고도 잘 지내고, 착한 일도 많이 할게요.'

이렇게 기도해서인지 나는 부화를 시작한 지 10일 만에 학교에 갈 수 있게 된 거다.

콧노래가 절로 나오는 등굣길이었다. 한 달 만에 교실에 들어섰지만, 난 내 자리를 단박에 알 수 있었다. 새 학년이 되고 첫날에 만들어 놨던 삼각 이름표가 내 책상에 여전히 붙어 있었기 때문이다.

'선생님이 내가 왔을 때 책상을 못 찾을까 봐 안 떼신 건가? 아니면 친구들이 내 이름을 잊을까 봐 그대로 두신 건가?'

난 가방 벗는 것도 잊고 내 책상에 앉아 보지도 않은 채 바로 5학년 협의실로 향했다. 선생님이 올려 주시는 우리 반 알림장을 통해 협의실에 부화기가 있다는 사실은 익히 알고 있었고, 꼭 한 번 따뜻한 달걀을 손으로 만져 보고 싶었기 때문이다. 조심스럽게 협의실 문을 열어 보니 사진으로만 보던 그 부화기가 내 눈에 보였다. 낡아 보이는 스티로폼 상자 옆으로 동그란 온도 조절 장치가 달려 있었고, 삐쪽 솟은 온도계도 보였다.

'5학년 4반 거! 관계자 외 만지지 말 것!'

딱 일주일밖에 못 나갔지만 나도 5학년 4반이라고. 그러니까 관계자 맞지?

38.5도.

내 체온보다 조금 더 따뜻한 온도를 가리키고 있는 온도계를 지그시 바라보다가 조심스럽게 뚜껑을 열고, 달걀을 바라보았다.

"쑥쑥이, 삐악이, 노랑이, 얄리, 호랑이……."

달걀에 적힌 글자를 읽어 가다가 호랑이라는 이름을 보고 피식 웃음이 나왔다.

"누가 병아리 이름을 호랑이라고 지어."

수진이에게 듣긴 했지만 실제로 호랑이라고 적힌 우리 조의 달걀을 보니 기분이 이상했다. 분명 장난기 많은 남자아이가 지은 이름일 거라 생각하면서 두 손으로 조심스럽게 '호랑이'라고 적힌 알을 감싸 들었다. 따뜻했다. 아니 좀 뜨거운 것 같기도 했다. 내 몸 온도보다 더 따뜻한 알을 손에 들고 있으니 묘한 기분이 들었다.

'이 속에서 병아리가 만들어지고 있구나. 따뜻해⋯⋯.'

우리 집에서는 애완동물을 기를 수가 없었다. 어릴 때부터 기관지가 안 좋았던 나 때문에 엄마가 결혼하기 전부터 기르던 강아지는 할아버지 댁에 보내졌다. 또 내가 계속 병원 생활을 하다 보니 집에 애완동물만 혼자 둘 수도 없는 노릇이었다. 사람이 아닌 다른 생명체가 이렇게 따뜻하다는 것을 처음으로 온전히 느껴 보니 정말 알 수 없는 편안한 마음이 들었다. 마지막으로 살짝 볼에도 대어 보고, 조심스럽게 호랑이를 내려놓으려던 순간이었다.

38도.

37.5도.

37도.

뚜껑을 열고 달걀을 살펴보는 동안 부화기의 온도가 떨어지고 있었다. 그리고 온도계가 37도를 가리키던 순간, 온도조절기에서 딸깍하는 소리가 나면서 전구에 불이 번쩍 들어왔다. 온도가 떨어지자 온도조절기가 작동해 전구가 켜진 것이었다.

불빛에 놀란 순간, 잠깐 아무것도 보이지 않았다.

그리고 다시 눈을 뜨자 따뜻하던 호랑이는 내 손에 없었다.

번쩍하는 그 순간 내가 움찔거린 탓에 호랑이가 손에서 떨어져서 깨진 것이다. 머릿속이 하얗게 변하더니 아무 생각도 나지 않았다. 호랑이를 들고 있었던 손은 차갑게 식어 부들부들 떨리기 시작했다. 어떻게 된 상황인지 깨닫고 눈물이 났다. 아무런 소리도 내지 못하고 눈물을 흘리며 그 자리에 한참을 서 있다가 밝게 빛나고 있는 전구가 눈에 들어왔다. 그제야 부화기의 뚜껑을 닫아 주었다.

'미안해. 미안해. 미안해……'

울음을 삼키며 깨진 알에게 말을 걸었다. 달걀을 부화시키기 위해서 매일 정성을 다하던 친구들에게 너무 미안했다. 너무나 무서워서 어쩔 줄을 모르다가 아이들이 오기 전에 깨진 달걀을 치워야 한다는 생각이 들었다.

흐느끼며 교실로 돌아가 화장지를 찾았다. 눈물이 앞을 가려서 잘 보이지 않아 화장지를 찾는 것도 어려웠다. 그렇게 화장지를 찾으러 교실 한쪽에 마련된 준비물 통을 살펴보다가 물감 바구니 근처에서 넘어지고 말았다. 앞이 잘 보이지 않았고, 갑자기 열이 오르는 듯 어지러웠다. 몸을 일으키다가 둥근 물감 통도 밟은 것 같았지만 화장지를 찾아서 깨진 달걀을 수습해야 한다는 생각만 들었다. 겨우 교실에 있던 두루마리 휴지를 찾아 다시 협의실로 향했다.

협의실에 가니 달걀이 깨진 충격적인 장면이 다시 보였다. 화장지를 풀어서 깨진 달걀 껍데기를 치우려던 그때, 방금까지 있었던 교실에서 소리가 들렸다.

"뭐야! 누가 이런 거야?"

또 몸이 반사적으로 움직였다. 모자를 눌러쓰고 협의실을 나와서 무작정 뛰었다. 온도가 떨어지자 자동으로 불이 켜졌던 그 전구처럼, 교실에서 들린 소리에 자동으로 내 몸이 달리고 있었다. 숨이 턱까지 차올랐다. 너무 무서웠다. 내 실수가 아니었으면 병아리로 자랐을 호랑이와 오랜만에 만날 친구들에게 너무

나 큰 죄를 지은 것 같아 어떻게 해야 할지 아무런 생각도 나지 않았다. 뛰어서인지, 마음이 다쳐서인지, 얼마 전까지 치료했던 가슴이 찢어질 듯이 아팠다.

어떻게 집까지 뛰어갔는지 잘 생각나지 않는다. 놀란 얼굴로 나를 맞이한 엄마의 얼굴을 보고 울면서 학교에서 있었던 일들을 이야기했다. 이야기를 듣는 중간에도 엄마는 침착하게 내 체온을 재셨다. 38.5도. 나는 아침에 만졌던 달걀만큼이나 뜨거웠다. 엄마는 아침에 일찍 나가던 나를 보던 그 표정보다 훨씬 걱정스러운 표정으로 나를 안아 주며, "괜찮아. 괜찮아. 많이 놀랐지?"라고 중얼거렸다. 그리고 병원에 가야 한다며 이것저것 챙기기 시작했다.

"엄마, 나 친구들한테 미안하다고 사과해야 해. 선생님한테 전화해 주면 안 돼?"

엄마가 이번에는 걱정스럽지만, 태연한 척하는 얼굴로 나를 바라봤다. 난 엄마의 이 얼굴을 안다. 내가 수술실로 들어갈 때마다 엄마가 짓던 표정이다.

"리아야. 잘못한 것에 대해서 책임지는 건 꼭 필요한 일이긴 한데…… 엄마는 지금 네 건강이 너무 걱정돼. 병원에 다녀온

후에 선생님께 전화하자. 대신 엄마가 선생님께 미리 전화는 해 둘게."

"아니야, 엄마. 내가 지금 꼭 해야 해. 선생님께 전화 걸어 줘. 부탁할게. 더 도망치면 안 될 것 같아."

"리아야, 이건 도망치는 게 아니야. 가장 우선은 네 몸이야. 지금은 몸 낫는 것만 신경을 쓰자. 사과하지 말라는 게 아니라 나을 때까지 조금 기다리자는 거야."

달걀을 깨뜨렸던 순간만큼이나 교실에서 들린 소리에 놀라 도망쳤던 그 기억이 가슴 아팠다. 몇 번이나 엄마에게 부탁하고 나서야 엄마는 전화기를 꺼내 들었다. 그러고서 잠깐 동안 엄마는 같은 표정으로 나를 바라보다가 이내 결심한 듯 담임 선생님에게 전화를 걸었다. 비밀 이야기도 아닐 텐데, 내가 못 듣게 방문을 닫고 거실로 나가서 선생님과 이야기를 나누다가 나를 바꿔 주었다.

"선생님, 저 임리아예요. 사실은 제가⋯⋯."

오늘 아침에 있었던 일을 말하는데 눈에서 주르륵 눈물이 흘렀다. 그래도 더 이상 도망치기 싫어서 울음이 내 말소리를 막지 않도록 목에 힘을 꾹 주고 끝까지 말했다. 내가 전화기에 대

고 이야기하는 동안 엄마는 조금 더 안쓰러운 얼굴로 나를 지켜보고 있었다. 목구멍으로 나오는 울음을 막고 이야기하느라 끅끅 소리가 났지만, 선생님은 끝까지 들어 주셨다.

"리아야, 어머니께 지금 또 몸이 안 좋아졌다고 들었어. 오늘 만날 거라고 생각했는데, 며칠 더 미뤄질 것 같아서 아쉽네."

많이 혼날 거라고 생각했는데 선생님은 굉장히 다정한 목소리로 이야기하셨다.

"그리고 리아야. 사실대로 말해 줘서 정말 고마워. 큰 용기가 필요한 일이었을 텐데, 이렇게 말해 줘서 선생님은 네가 너무 자랑스럽구나. 이런 용기는 아무나 낼 수 없단다. 그리고 사람은 누구나 실수를 해. 실수했다고 해서 나쁜 아이가 되는 건 아니야. 실수한 것을 책임지면서 우리는 성장하는 거고. 근데 지금 리아가 몸이 아픈데도 책임지려고 하는 모습은 걱정스럽구나. 선생님은 무엇보다 리아를 포함한 우리 반 친구들이 모두 아프지 않았으면 해."

조용한 가운데 선생님 목소리만 휴대폰 너머로 들렸다.

"선생님은 당분간 친구들에게 리아가 달걀을 깨뜨렸다고 말하지 않을 생각이야."

심장이 덜컥 내려앉는 것 같았다. 화난 친구들을 마주할 용기는 나지 않았지만, 그렇게 숨기면 안 된다는 생각이 들었다. 무엇보다 다시 도망치기가 싫었다.

"아니에요, 선생님. 애들한테 이야기하고 사과해야 할 것 같아요. 너무 미안해서 꼭 사과할래요."

잠깐 뜸을 들이다 내가 말했고, 선생님은 처음과 다름없이 다정한 목소리로 대답하셨다.

"그래. 그렇게 말해 줘서 고마워, 리아야. 그럼, 지금은 선생님이 리아의 미안한 마음만 친구들에게 전하는 건 어떨까? 너를 밝히지 않고 우리 반 친구들에게 사과를 전하는 거야. 그리고 리아가 건강해진 다음에 진짜 사과를 하는 거지. 리아가 건강해져서 다시 학교에 나올 때까지 우리 반 다른 친구들도 마음을 회복할 수 있는 시간을 만들어야 하거든. 선생님은 깨진 달걀보다 다친 네 마음이 더 걱정이야."

우리 반 친구들도 회복할 시간이 필요하다는 선생님의 말씀에 나는 그렇게 하겠다고 대답할 수밖에 없었다.

통화가 끝나고 병원으로 간 나는 다시 입원실로 들어갔다. 여러 가지 검사를 하는 동안 계속 걱정스럽고 불안하지만 괜찮은 척하는 그 표정으로 날 보던 엄마는 다행히 가벼운 열감기라 하루이틀 쉬면 괜찮을 거라는 의사 선생님의 말씀을 듣고선 조금 편안한 얼굴이 되었다.

"엄마, 나 이제 안 아파. 열도 내렸어. 너무 걱정하지 마."

엄마를 안심시키고 싶어 어른스럽게 이야기했다. 아마 내 표정도 아까 엄마 표정이랑 비슷했을 거다.

'이틀 뒤에 학교에 가서 아이들에게 미안하다고, 잘못했다고 말하자.'

병원 침대에 누워서 몇 번을 되뇌었는지 모른다. 학교 가기가 무서웠기 때문이다.

'내가 그랬다고 이야기하면 아이들이 날 미워할 거야.'

그동안 병원에서 치료받고 있을 때 가장 하고 싶은 일은 학교에 가는 것이었는데 이번에는 달랐다. 잘못했다는 죄책감, 도망치지 말고 사과해야 한다는 생각, 그리고 아이들이 날 싫어할지도 모른다는 불안한 마음이 들어서 처음으로 학교에 다시 가는 것이 망설여졌다. 그러던 중에 "깨진 달걀보다 다친 네 마음이 더 걱정이야."라고 말씀하시던 선생님 목소리가 떠올랐다. 사실 선생님과 만나서 생활한 것은 딱 일주일밖에 되지 않는

다. 그런데 일주일밖에 만나지 못한 선생님의 그 말이 너무 의지가 되었다. 오늘 잠깐 들른 우리 반 교실 내 자리에 이름표가 붙어 있었다는 그 작은 기억이 나도 5학년 4반이라는 생각이 들게 했다.

'그래, 용기를 내자. 얼른 낫고 가서 친구들한테 사과하자.'

불안한 마음을 감추려고 '하느님, 부처님, 산신령님, 도와주세요.'라고 몇 번이고 주문처럼 되뇌다가 약기운에 잠이 들었다.

짧은 꿈을 꿨다. 학교 뒷산, 이사 갈 집 근처 당산나무라고 부르는 큰 나무 아래에 흰 수염의 한 할아버지가 앉아 계셨다. 내가 하염없이 울고 있으니 "괜찮다." 하시곤 머리를 한 번 쓰다듬어 주셨다.

"할아버지는 누구세요?"

"글쎄, 요즘에는 날 뭐라 부르는지 모르겠구나. 옛날에는 사람들이 나를 산군이라 부르곤 했지. 다 괜찮을 거다. 마음껏 울다 가거라."

편안한 목소리였다. 왠지 마음이 놓이는 목소리 때문인지 한참 동안 나무 아래에 누워 나뭇잎이 바람에 흔들려 반짝이는 모습을 봤다. 저 나뭇잎이 빛을 받아 반짝이는 건지 내 눈에 눈물이 고여 반짝이는 건지 헷갈리던 참에 잠에서 깼다.

그때 엄마가 환한 얼굴로 전화를 받으며 병실로 들어오셨다. 나는 아직 마음속에 걱정덩어리가 이만큼 쌓여 있는데, 내 몸이 괜찮아져서 엄마는 이제 전혀 걱정이 안 되는 모양이다. 내심 약간 서운한 마음으로 엄마를 바라보고 있는데 엄마가 휴대폰을 건네주셨다. 선생님이었다. 여전히 엄마는 생글생글 웃고 있었다. 그리고 선생님의 전화를 받고 나서 나도 엄마처럼 웃음이 나왔다. 살짝 눈물도 같이 나왔다.

'다행이다. 다행이다…… 다행이다…….'

내가 병아리를 태어나지 못하게 한 게 아니구나. 선생님은 오히려 유정란이 아니었던 호랑이가 계속 부화기에 있었다면 유독한 가스가 발생해서 다른 병아리들이 모두 죽을 수도 있었다고 하셨다. 결과적으로 내 실수로 인해 다른 병아리들이 건강하게 태어날 수 있게 되었다며 나에게 고맙다고 이야기하셨다.

'하느님, 부처님, 산신령님, 고맙습니다. 정말 고맙습니다. 저 병원에서 나가면 그래도 아이들에게 사과할래요. 그리고 병아리도 정말 열심히 돌보고, 엄마, 아빠한테도 더 이상 걱정 끼치지 않을 거예요. 열심히 운동도 해서 건강해질게요. 고맙

습니다.'

눈을 꼭 감고 두 손을 모아서 기도한 뒤에 엄마한테 말했다.

"엄마, 나 퇴원시켜 줘. 다 나았어. 학교 가고 싶어."

13

괜찮아, 괜찮아

임리아는 그날의 이야기를 담담하게 이어 나갔다. 중간중간 눈에 눈물이 고이기도 했지만, 끝까지 우리에게 눈을 맞추고 이야기했다.

"미안해, 얘들아. 정말 미안해. 학교에 온 첫날 바로 사과하고 싶었는데…… 용기가 나지 않았어. 선생님이 '닭이 자랄 때까지 네 역할을 다해 봐. 그러고 나서도 미안한 감정이 남는다면 사과해 보자. 만약 리아가 사과하지 못하더라도 선생님은 이해해.'라고 말씀해 주셨어. 그래서 일단 호랑이들 키우는 데 최선을 다하고 입양 결정이 난 오늘에 와서 사과하게 된 거야."

몇몇 아이들은 임리아의 이야기를 들으며 함께 울고 있었다. 지수진도 그중 하나였다. 돌이켜 보면 임리아는 아직 다 낫지 않아서 병원에 다녀야 하면서도 매일 남아서 호랑이 모이를 주고 산책을 시켰다. 특히 모두가 꺼려하던 주말 당번은 꼭 임리아가 자청해서 맡았다. 병아리 집을 만들 때도 전단지를 붙일 때도 항상 남아서 함께했다. 그것뿐인가? 같이 있는 친구들이 모두 임리아를 좋아할 만큼 힘든 내색 없이 웃으면서 다른 친구들을 대했다. 여자 노하민이라는 별명이 붙을 정도로 다른 친구들에게 웃음을 주는 친구였다. 그런 친구가 지난 실수로 한 번도 보지 못한 표정을 지으며 사과한다. 꺽꺽대는 울음을 참으면서 말이다. 그동안 임리아는 얼마나 많이 아팠을까?

"우주야, 미안해. 도망가려고 한 건 아닌데, 갑자기 너무 놀라

서 몸이 마음대로 움직였어. 진경아, 하민아, 그리고 수진아, 미안해. 너희가 열심히 돌본 알인데 내가 허락도 없이 만졌어. 미안해. 얘들아, 바로 사과 못 해서 미안해.”

“야! 네가 뭐가 미안해. 너는 뭐 우리 조 아니야? 우리 조 알 돌리는 데 왜 우리 허락이 필요해? 하나도 안 미안해. 잘못한 게 어디 있어? 그냥 실수한 거지.”

노하민이 눈이 빨개져서 소리쳤다.

“그래, 임리아. 덕분에 우리 호랑이들이 잘 태어나서 잘 자란 거잖아. 너 없었으면 지금 우리 호랑이들 다 못 태어났어. 그리고 네가 호랑이들 산책 제일 열심히 시킨 거 우리가 다 알고 있어.”

나도 한마디 거들었다.

“흑…… 흑…… 리아야. 그동안 많이 힘들었지? 미안해. 내가 몰라 줘서 미안해.”

책상에 엎드려 울던 지수진이 달려 나가서 임리아를 힘껏 안았다.

“검은 모자, 임리아! 괜찮아! 괜찮아!”

“검은 모자, 임리아! 괜찮아! 괜찮아!”

노하민이 시작한 구호가 반 전체로 퍼졌다. 여자아이들은 서로 부둥켜안고 울었다. 선생님이 진정시키고 나서야 우리는 눈물 콧물이 범벅 된 얼굴로 서로 마주 보고 웃을 수 있었다.

투표 결과 만장일치로 5번 신청자 임리아에게 호랑이들을 입양하는 것으로 결정이 났다. 입양은 임리아의 이삿날에 맞춰서 일주일 뒤로 결정되었다. 난 그동안 조금은 쓸쓸하고 슬픈 마음으로 이별을 준비하고 있었는데, 임리아의 집으로 입양이 결정된 이후부터는 아무 걱정 없이 호랑이들과 지낼 수 있었다. 그리고 여느 날처럼 방과 후에 호랑이들 산책을 시키려고 호랑이 집을 찾았다.

"지금 보니까 집이 너희한테 너무 작구나."

나도 모르게 마음속 소리가 새어 나왔다. 병아리들은 쑥쑥 커서 거의 닭이 되었는데, 집은 그대로다 보니 호랑이들이 너무 답답해 보였다.

"어! 나도 방금 같은 생각했는데⋯⋯. 사실 병아리 집에 입구도 없잖아. 모이 주거나 산책하려면 집을 통째로 들어야 하는데 지금까지는 그게 전혀 불편하지 않았다? 근데 얘네 새집 생긴다고 하니까 우리가 만든 집이 되게 볼품없어 보이는 거 있지? 많이 고민하고 힘들게 만들었는데 말이야. 하하."

지수진이었다. 같은 장소에서 같은 걸 생각하는 친구가 생긴다는 건 정말 기분 좋은 일이다.

"그러게. 파이프 한 번 자르는 데 백 번씩 톱질했었는데……. 너도 그때 연결 부위 끼우느라 고생 많았잖아."

병아리 집 만들던 날이 생각났다. 다음 날 손에 물집이 잡혀 있을 만큼 열심히 일한 날이었기 때문에 기억이 생생했다.

"그날 난 병아리 집 만드는 것보다 리아가 계속 놀려서 잡으러 뛰어다니느라 고생했지. 걔 아프지만 않았으면 지금쯤 육상 선수로 메달 몇 개는 땄을 거야."

그랬다. 그날 임리아는 지수진이 좋아하는 사람이 따로 있다고 이야기했었고 난 그 이야기를 듣고 충격에 빠진 노하민을 살피느라 걱정했던 기억이 났다. 그리고 며칠 뒤 이상형이 같이 있으면 시간이 멈추는 사람이라는 이야기도……. 나는 또 얼굴이 빨개질까 봐 급하게 호랑이들을 집에서 꺼내고 산책시키며 화제를 돌렸다.

"근데 넌 임리아가 5번 신청서 적은 거 어떻게 알았어? 임리아가 미리 알려 줬어?"

사실 이 이야기는 꼭 물어보고 싶었다. 나도 못 한 추리인데 어떻게 지수진은 임리아인 줄 알 수 있었을까? 혹시 지수진은 나보다 더한 추리소설 마니아인가 싶기도 했다.

"아, 난 리아가 이사 가는 거 알고 있었거든. 작년부터 집 짓고 있었어. 근데 임리아 나한테도 입양 신청서 낸 거 안 알려 줬다. 너무하지 않니? 제일 친한 친군데 이렇게 비밀을 만들어도 되는 거야? 검은 모자인 건 뭐…… 이해는 하지만."

지수진이 뾰로통한 채로 이야기했다. 난 지수진이 임리아가 다 알려 주지도 않았는데, 5번 신청서의 주인을 알아낸 것에 다시 한번 감탄했다. 셜록 홈즈에게도 왓슨이라는 훌륭한 조수가 있었던 것처럼 'Would you 추리 me'에 등장하는 왓슨은 지수진이 적당하다는 생각이 들었다. 아니 어쩌면 홈즈가 수진이고 내가 왓슨일지도 모르겠다.

"야, 이우주. 그러고 보니 리아가 이야기해서 넌 내 이상형이 누군지 다 알잖아. 불공평해. 너도 알려 줘."

지수진이 뾰로통하던 얼굴 그대로 이번에는 땅을 보고 이야기했다. 열심히 이야기를 돌렸는데, 다시 그 이야기로 돌아왔다. 미지에 대한 탐구는 탐정으로서도 과학자로서도 당연한 일이기 때문에 지수진이 묻는 건 당연하다. 하지만 난 내 이상형을 이야기하기 힘들었다. 얼굴이 빨개지면 안 되기 때문이다.

"어? 어…… 그…… 저번에 같이 있으면 시간이 멈추는 사람이랬었나?"

"너도 이상하고 유치하다고 생각하니? 임리아가 그거 듣고 얼마나 놀리는지 정말……."

"아니, 하나도 안 이상해. 원래 시간은 상대적으로 흐른다고 아인슈타인이 그랬어. 누군가에게는 짧지만 누군가에게는 영원처럼 긴 시간일 수도 있겠지. 그리고 주마등이라는 말도 있잖아. 아주 짧은 시간 동안에 우리 뇌가 엄청나게 많은 기억을 떠올리면 그 짧은 시간이 엄청나게 길게 느껴진대."

얼른 과학 잡지에서 읽은 이야기들을 머릿속에서 끄집어냈다. 이 위기 상황을 벗어나기 위해서 나의 뇌는 엄청나게 빨리 회전하며 과학 잡지 페이지를 넘기고 있었다.

"와! 이우주. 너 정말 대단하다. 그러니까 내 이상형은 같이 있는 순간에 내 뇌가 번쩍 번개를 맞은 듯이 열심히 일할 만큼 운명적이라는 거네? 근데…… 그래서 네 이상형은 뭐야?"

큰일 났다. 나에게서 홈즈 자리를 빼앗을지도 모를 만큼 눈치 빠른 지수진이 내가 대답을 피하고 있다는 사실을 알아챘다. 더 이상 자연스럽게 말을 돌리며 이 위기를 벗어날 방법이 떠오르지 않았다. 그러다가 시간이 멈추고 삐악 소리가 들리던 그 순간이 떠올랐다. 어쩔 수 없이 난 최대한 빨개지는 얼굴을 들키지 않으려고 땅을 바라보고 말했다.

"내 이상형은…… 손이 따뜻한 사람."

14

새로운 시작

호랑이들이 임리아네 집으로 이사한 지 한 달이 지났다. 그동
안 제법 많은 것들이 변했다. 먼저 호랑이들은 더 이상 병아리
라 부를 수 없는 닭이 되었다. 그동안 닭이 이렇게 멋있게 생겼
는지 미처 몰랐다. 윤기가 반질반질하게 흐르는 깃털은 햇빛을
받아 빛이 났고, 가끔 날개를 푸드덕거리며 위풍당당하게 걷는
모습은 전쟁에서 승리하고 돌아오는 장군 같았다. 프랑스에서
는 이런 닭의 모습을 보고 밤을 물리치고 새벽을 데리고 온다
며 나라를 상징하는 동물로 삼았다고 하니 그 모습을 나만 멋
지게 본 건 아닌가 보다.

그리고 이 닭들의 정식 명칭은 호랑이가 되었다. 정확히는 임리아의 이름을 한 글자씩 뒤에 붙여서 호랑임, 호랑이, 호랑아. 모두 함께 부를 때는 호랑이들이다.

"야! 두음법칙 모르냐? 호랑리는 발음하기 힘들잖아. 리를 이로 바꿔야지. 호랑이. 가운데 수탉이 호랑이야. 얘가 대장이지."

임리아가 처음 이름을 알려 주던 날 모두가 어이없어하며 웃었던 기억이 떠올랐다. 딱 한 명 노하민만 빼고.

"그러면 호랑아를 부를 땐 '호랑아야' 하고 불러야 되는 거야? 어색한데?"

노하민은 진지했다. 호랑이라는 이름 자체에 지분이 있었기에 좀 더 진지하게 받아들였을 것 같다.

"아니. 얘네는 그리 똑똑하지 않아. 그래서 이름 뒤에 '아'나 '야' 같은 조사를 붙이면 안 돼. 내가 계속 불러 봤는데 어릴 때부터 들었던 '호랑'이라는 말에 반응한단 말이야."

임리아도 장난 같지 않았다. 계속 진지하게 이야기하는 바람에 다른 친구들도 웃음을 멈추고 집중해서 듣게 되었다.

"그래서 정확히 '호랑임' '호랑이' '호랑아'라고 불러 줘야 해. 그리고 그렇게 불러 줘야 하는 이유가 또 있어. 이게 미국식 이

름이거든. 우리나라식으로 하면 '임호랑' '이호랑' '아호랑'이
야."

누가 임리아를 여자 노하민이라고 했을까? 임리아는 세상에
하나밖에 없는 임리아였다. 노하민이 반짝반짝 빛나는 작은 별
이라면 임리아는 밤하늘에서 가장 밝은 별인 시리우스 정도는
될 정도로 특별하게 느껴졌다. 어떤 추리소설에도 과학 잡지에
도 임리아 같은 친구가 어떤 생각을 하는지에 대해서는 써 놓
지 않았을 거라는 생각이 들었다.

"아호랑? 아 씨가 어디 있냐?"

반짝반짝 빛나는 노하민이 지기 싫다는 듯이 이야기했지만,
임리아의 한마디에 바로 조용해졌다.

"왜 없어? 아이유."

우리나라에 얼마 없는 특별한 성씨로 '아' 씨가 있는 걸 과학
잡지에서 본 적이 있었지만, 나는 이 대화에 쉽게 낄 수 없었다.
그리고 나와 같은 생각이었는지 임리아의 설명을 듣고 있던 다
른 모든 친구들도 '아이유는 아 씨가 아니야.'라는 말을 하지 않
았다. 반짝반짝 빛나는 별들 사이에 한낱 먼지 같은 우리가 끼
었다가는 금세 타들어 가는 별똥별처럼 마음 한 켠에 긴 상처

가 남을 게 분명했다. 그렇게 닭들은 호랑임, 호랑이, 호랑아가
되었다.

또 하나 바뀐 것은 호랑이들의 집이다. 리아의 아빠는 사람
집을 짓는 것보다 호랑이들 집을 짓는 데 더 많은 에너지를 쏟
았다고 고백하셨다. 유명한 건축설계사가 진심으로 만든 호랑
이들의 집은 어마어마했다. 일단 문이 달려 있었다. 그냥 문도
아니고 자동문이다. 발로 버튼만 누르면 자동으로 딸깍하고 열
리기 때문에 양손에 물과 모이를 들고 있어도 혼자서 호랑이들
집에 들어갈 수 있었다.

"건축하는 입장에서 봤을 때 너희가 만든 병아리 집은 너무
훌륭했단다. 만약에 문을 만들고, 그걸 다른 곳처럼 그물로 마
무리했다면, 영리한 길고양이들이 문을 열어서 큰일이 났을걸?
그리고 모이를 주거나 산책시킬 때 적어도 두 명이서 같이 가
야만 하도록 설계한 게 좋았어. 한 사람이 일을 하고 한 사람이
병아리들을 봐줄 수 있게 되어 있어서 어떤 상황에도 대처할
수 있겠더구나. 겨우 초등학교 친구들이 이렇게 고민을 많이 하
고 집을 만들다니! 하고 감탄했지."

내가 자동문에 놀라며 지난 집은 병아리 집을 들어 올려야

안으로 들어갈 수 있었던 점을 얘기하자, 리아 아빠가 하신 말씀이다. 설계할 때부터 아무도 문 만들 생각을 하지 않아서 문이 없었다는 이야기는 하지 않기로 했다. 같은 집에 함께 사는 임리아조차 입을 닫았다면 굳이 진실을 이야기할 필요는 없었다. 가끔 탐정에게는 범인을 발견하고도 모른 척해야 하는 상황이 생기는 법이다.

"너희가 앞뒤 기둥의 길이를 3센티미터 정도 다르게 만들어 놓은 것도 인상 깊었어. 그 덕분에 비가 왔을 때 물이 한쪽으로 흘러서 떨어지더구나. 너희의 그 아이디어를 그대로 새로운 호랑이 집에 적용했단다. 대신 바닥으로 물이 바로 떨어지지 않게 빗물받이를 통해 떨어지는 점만 개선했지."

그건 파이프를 잘라야 하는 선을 잘못 그어서 준 아이들 때문이었지만 이것 역시 말하지 않기로 했다. 파이프를 자를 때 길이가 다른 걸 눈치챘지만 다시 자르기 귀찮아서 그냥 조립한 건데, 그 덕분에 빗물이 한쪽으로만 흐르고 있었다는 것은 지금까지 몰랐던 사실이다. 소가 뒷걸음질 치다가 개구리를 잡은 격이었다.

호랑이의 새집은 막대기에 앉기 좋아하는 닭의 특성을 고려

해 횟대라고 불리는 병아리들의 휴식처가 있는 거실과 포근하게 잘 수 있고 알도 품을 수 있도록 따뜻한 열선이 설치된 침실, 수도가 연결되어 항상 깨끗한 물이 채워지는 식당으로 이루어져 있었다. 그리고 무엇보다 천장이 높아서 좋았다. 호랑이들은 이동할 때 푸드덕거리며 날아 올라서 옮겨 다녔다. 천장에 부딪힐 일 없이 자유롭게 다니는 호랑이들을 보니 이 집이 더욱 마음에 들었다.

"어때 좋지? 사실 여기가 내 방보다 더 좋아."

임리아의 표정이 너무도 뿌듯해 보였다.

그동안 우리는 매일같이 학교가 끝나면 임리아와 함께 호랑이들을 보러 갔다. 아무리 가까워도 쉬는 시간에 학교 밖으로 나갈 수는 없었기 때문에 꼭 학교가 마치고 나서야 호랑이들을 볼 수 있었다. 그러다 보니 모든 친구들이 다 호랑이를 보러 다니지는 못했다. 반장 고은별이 학원 때문에 바쁜 친구들을 위해 호랑이 산책 영상을 유튜브에 올렸는데, 처음에는 우리 반 아이들만 보던 영상이 꽤 유명해져 제법 많은 사람들이 새 영상을 기다리게 되었다.

'골목대장 호랑이', '어흥 하고 지렁이 잡아먹기' 영상은 단연

인기였다. 그도 그럴 것이 사람들은 목줄도 없이 산책 다니는 닭을 신기해했다. 게다가 산책하다가 "호랑아." 하고 부르면 닭들이 돌아오는 영상에는 '좋아요'가 제일 많았다. 산책 중간에 동네 강아지들을 만나도 전혀 무서워하지 않고, 날개를 몇 번 푸드덕거리며 강아지들을 도망가게 하는 모습이 담긴 '하룻강아지 호랑이 무서운 줄 모르고'라는 제목의 영상에는 "TV 동물농장 작가입니다. 취재를 하고 싶은데 연락 주세요."라는 댓글이 달렸다.

'TV에 누가 나갈 것인가?'라는 주제로 학급 회의가 열리고 선생님과 나, 지수진, 임리아, 노하민, 고은별이 출연하는 것으로 결정되었다. 선생님은 교실에서 달걀을 부화시킨 것을 설명하셔야 하고, 임리아는 병아리를 키우고 있으니 출연하는 게 당연했다. 고은별은 유튜브를 올리게 된 계기를 설명해야 하기 때문에 뽑혔고, 노하민은 '호랑이'라는 이름은 자기가 지었으니 꼭 출연해야 한다고 우겼다. 임리아가 호랑이들의 이름의 원작자는 노하민이라는 것을 공식적으로 이야기한 뒤에는 반발하던 아이들도 쉬이 인정하기 시작했다. 그 과정에서 노하민이 임리아에게 윙크를 날리는 것을 본 친구가 나 말고 또 없기를 바란다. 왠지 또다시 노하민의 비밀을 지켜 줘야 하는 상황이 된 것 같다.

"이우주랑 지수진이 인터뷰해야지."

"당연한 거 아냐? 쟤네가 호랑이 아빠, 엄만데."

"호랑이들 이우주랑 지수진이 불러야 온다며? 아직 임리아 말보다 엄마, 아빠 말을 더 잘 듣는데……."

"나도 호랑이 태어날 때 일찍 올 걸 그랬어."

내심 인터뷰를 하고 싶었지만, 호랑이들을 열심히 돌본 것 말고는 뭘 내세울 게 없었는데, 아이들이 떠밀듯이 지수진과 내이름을 말해 줘서 좋았다. TV에 나와서 인터뷰할 생각에 떨리면서도 지수진이랑 호랑이 엄마, 아빠로 소개된다는 생각에 얼굴이 또 빨개지는 것 같았다.

약속한 TV 동물농장 촬영 날이 되었다. 선생님은 평소랑 다르게 머리도 단정히 자르시고, 실험복 대신 단정한 정장을 입으셨다. 1년에 딱 한 번 학부모 공개수업 때만 입으신다는 바로 그 옷이었다. 어떤 일이 있어도 평온한 표정이던 선생님은 카메라 앞에서는 덜덜 떨며 말씀하셨다. PD님이 몇 번이나 "괜찮아요. 편하게 말씀하세요."라고 하셨지만, 여러 번의 NG를 낸 후에야 비로소 더듬거리지 않고 인터뷰를 마칠 수 있었다.

이후에는 우리 차례였다.

"얘네가 왜 호랑이냐면요. 그게 호빵이랑 사랑이……."

노하민이 호랑이 이름 설명을 머뭇거리자 바로 임리아가 쉬지 않고 이름의 유래를 설명했다.

"후보 이름 한 글자씩 따서 호랑이가 됐어요. 근데 그건 알일 때 이름이고요. 태명 같은 거죠. 쟤는 태명이 쑥쑥이였어요. 여러 가지 이름으로 불리다가 제가 입양하면서 정식으로 호랑임, 호랑이, 호랑아가 되었습니다. 한국식으로는 임호랑, 이호랑, 아호랑입니다."

"네, 맞습니다. 하지만 제가 호랑이 이름을 처음 지었고요."

노하민이 다급히 자신의 몫을 주장했지만, 나중에 TV에 방송될 때 보니 편집이 되고 없었다. 임리아는 멋지게 지은 호랑이 집을 보여 주고 설명하다가 자신이 실수로 부화기 속의 알을 깬 이야기를 했다. 그리고 검은 모자를 쓰고 도망갔던 이야기도.

"아이들한테 너무 미안했어요. 그래서 제가 꼭 입양해서 우리 반 아이들이 항상 볼 수 있는 곳에서 키우고 싶었어요."

이후에 호랑이들을 산책시키는 것은 나와 지수진이 맡았다. 우리가 걸어가고 있으면 호랑이들은 두세 걸음 떨어진 곳에서 따라오며 이것저것을 쪼아 먹었다.

"호랑아, 이리 와."

지수진의 말에 호랑이들이 발 앞으로 쫑쫑 모이는 것을 본 PD님이 물어보셨다.

"두 학생이 호랑이 아빠, 엄마라고 불린다면서요? 어떻게 하면 호랑이들이 이렇게 잘 따를 수 있는지 비결이 궁금해요."

"아마 각인이 되어서일 거예요. 호랑이들은 교실 부화기 속에서 태어났기 때문에 어미 닭을 본 적이 없어요. 그리고 태어나던 날 제일 먼저 우리 두 사람을 봤기 때문에 우리를 엄마, 아빠로 생각하는 것 같습니다."

예상 질문이었고 며칠 전부터 달달 외웠던 대사를 실수 없이 말하고 나자 긴장감이 조금은 풀리는 듯했다.

"제가 촬영하러 다니면서 많은 동물들을 봤어요. 그냥 태어났을 때 먼저 봤다고 해서 무조건 따르는 건 또 아니더라고요. 담임 선생님이 두 친구가 제일 열심히 병아리를 돌보았다고 하시던데, 호랑이들도 그 마음을 느끼고 두 학생을 잘 따르는 게 아닐까요?"

예상했던 질문이 아니었다. 다시 머릿속이 하얗게 변했다. 다행히 옆에 있던 지수진이 하나도 떨지 않으면서 그동안 어떻게 호랑이들을 돌봤는지 이야기했다.

"자, 그럼 마지막으로 두 친구가 처음 병아리가 태어난 걸 본 순간을 재연해서 찍어 볼게요. 이게 우리 방송 첫 타이틀 화면이 될 테니까 그때 장소 장면 그대로 연출해 볼게요. 장소는 교실이었죠? 어떤 상황이었나요?"

"네! 그날 아무래도 병아리가 태어날 것 같아서 일찍 학교에 갔어요. 막 뛰어가고 있는데, 앞에 지수진이 있더라고요. 지수진이 빨리 뛰어가면 너 혼자 먼저 본다고, 손잡고 같이 가자고 해서 교실까지 가서 문을 열었어요. 문을 연 순간 보이는 풍경에 넋이 나가서 세상이 일시 정지가 된 거예요. 우리 둘 다 얼음이 된 상태로 있는데 삐악삐악 소리가 나면서 병아리가 태어나 있었어요."

다행히 내가 잘 대답할 수 있는 주제가 나와서 이번에는 하나도 떨지 않고 이야기할 수 있었다.

"그럼, 그때처럼 여기 교실 앞에서 두 사람 손잡고 저기를 바라봐 주세요."

PD님의 부탁에 조금 부끄럽긴 했지만 촬영이니 어쩔 수 없었다. 지수진의 손을 잡고, 교실 안쪽을 바라보았다. 카메라는 우리 뒤에서 교실 쪽을 찍고 있었다.

"야, 이우주. 너 왜 지금까지 말 안 했어?"

지수진이 카메라에는 들리지 않을 정도로 작은 목소리로 속삭였다.

"뭘?"

"너도…… 일시 정지였어?"

"어? 어…….."

심장이 덜컥 내려앉는 기분이 들었다. 인터뷰하느라 긴장해서 절대 말하면 안 될 이야기를 해 버렸다. 또다시 잠깐 세상이 멈추는 것 같았다. 귀가 빨갛게 달아오르는 듯 뜨거웠다. 카메라에 잡히는 게 앞모습이 아닌 게 너무나 다행이었다. 전국에 내 빨개진 얼굴을 보여 줄 수는 없었다.

"우주야…….."

"응."

"그럼…… 지금 내 손은 따뜻해?"

지수진도 왠지 귀가 빨개진 것 같았다. 지수진 쪽으로는 고개를 조금도 돌릴 수가 없어서 눈으로 보지는 못했지만, 왠지 그랬다.

같은 시간, 같은 장소에서 같은 곳을 바라보고 있는 친구에게 나는 작게 속삭였다.

"응. 처음 잡았을 때도, 지금도."

우주가 이상한 선생님이라 부르던 선생님이 바로 저일지도 모르겠어요. 여러 해 동안 아이들과 함께 교실에서 달걀을 부화시키고, 태어난 병아리를 함께 기르고, 입양 보내는 경험을 했거든요. 참 많은 일들이 있었죠. 책에 나오는 대로 병아리 집도 만들고, 병아리 산책도 시키고…… 아! 달걀이 깨진 적도 많았어요. 병아리가 하나도 태어나지 않아서 여러 번 다시 시도한 적도 있었고, 아픈 병아리에게 약도 먹이기도 하고, 텃밭에서 지렁이를 잡아 병아리에게 주기도 했지요.

병아리를 기르며 같은 반 아이들에게 서운한 점도 있었어요. 1년 동안 열심히 수업을 준비해서 가르치고 재미있는 다양한 활동들을 준비해도, 1년 뒤 마지막 날에 '가장 좋았던 활동이

뭐예요?' 하고 물으면 항상 1위는 병아리 이야기였거든요. 그만큼 아이들에게 달걀을 부화시키는 경험은 소중하고 귀했던 거겠지요.

그리고 저는 이 책을 읽는 친구들에게 '실수에서 벗어나는 법'을 전하고 싶었어요.

우리는 모두 실수를 하고, 의도치 않게 잘못을 하며 살아갑니다. 실수로 물을 쏟고, 실수로 유리잔을 떨어뜨려 깨뜨리기도 하고, 어쩔 땐 실수로 다른 사람을 다치게 하는 경우도 있어요. 중요한 건 모두가 이런 실수를 하면서 살아간다는 겁니다. 그런데 어떤 때는 실수를 저지른 게 두려운 나머지 올바르게 여기서 벗어나지 못하는 경우도 있어요.

- 실수한 게 너무 두려워서 자기를 나쁜 사람으로 여기거나
- 내가 한 실수로 인해 다른 사람들이 나를 형편없게 생각할 거라고 믿거나
- 실수를 인정하지 못하고 변명하거나
- 모른 척 도망치거나

리아는 놀라서 도망치는 선택을 했었죠. 하지만 곧바로 자신의 잘못에 대해 반성하고, 사과하려고 마음을 먹습니다. 그리고 오랜 시간 동안 노력해서 자신의 실수에서 벗어나게 되죠. 건강한 마음을 가지고 있다면 리아처럼 실수하더라도 멋지게 회복할 수 있어요. 그리고 이렇게 실수에서 벗어나는 데 도움이 되는 주문도 있답니다.

'실수는 멋진 배움의 기회.'

여러분이 이 책에 나오는 아이들처럼 실수와 실패를 잘 이겨내며 더 건강하고 행복한 어른으로 자랐으면 좋겠습니다.

늘푸름반 교실 앞에서

설상록

세상을 읽고 생각하는 힘,
초등 논술의 밑거름

초등학교 3·4·5·6학년을 위한 창작 읽기책 시리즈.
논술의 기본인 사고력과 창의력을 길러 줍니다.

1. **클로디아의 비밀** E. L. 코닉스버그 글·그림/ 햇살과나무꾼 옮김

   뉴베리상 수상작, 아침햇살 선정 좋은 어린이책, 어린이도서연구회 권장 도서, 열린어린이 선정 좋은 어린이책,
   중앙독서교육 추천 도서, 쥬니버 오늘의 책, 책교실 권장 도서, 책따세 추천 도서, 한국출판인회의 선정 이달의 책,
   한우리독서운동본부 추천 도서

2. **위험한 비밀 편지** 앤드루 클레먼츠 글/ 이원경 옮김

   경기도학교도서관사서협의회 추천 도서, 서울시립어린이도서관 권장 도서, 서울시립어린이도서관 사서 추천 도서

3. **진짜 도둑** 윌리엄 스타이그 글·그림/ 김영진 옮김

   칼데콧상, 뉴베리 명예상, 크리스토퍼상 수상 작가

4. **아벨의 섬** 윌리엄 스타이그 글·그림/ 김영진 옮김

   칼데콧상, 크리스토퍼상 수상 작가, 뉴베리 명예상 수상작, 2022 IBBY 어너리스트 번역 부문 선정

5. **도미니크** 윌리엄 스타이그 글·그림/ 김영진 옮김

   칼데콧상, 뉴베리 명예상 수상 작가, 크리스토퍼상 수상작

8. **노랑 가방** 리지아 보중가 누네스 글·에스페란자 발레주 그림/ 길우경 옮김

   안데르센상, 린드그렌 문학상 수상 작가, 책교실 권장 도서, 어린이도서연구회 권장 도서

9. **밀가루 아기 키우기** 앤 파인 글/ 노은정 옮김

   카네기상, 휘트 브레드상 수상작

10. **우리 아빠는 아무도 못 말려** 피에르 루키 글/ 김화영 옮김

    어린이도서연구회 권장 도서, 책교실 권장 도서

11. **내겐 드레스 백 벌이 있어** 엘레노어 에스테스 글/ 엄혜숙 옮김

    뉴베리상, 아침햇살 선정 좋은 어린이책, 어린이도서연구회 권장 도서, 열린어린이 선정 좋은 어린이책,
    쥬니버 오늘의 책, 책교실 권장 도서

14. **그날 밤 인형의 집에서** 김향이 글·김보라 그림

    계몽아동문학상, 삼성문학상, 세종아동문학상 수상 작가, 세종도서 문학나눔 선정 도서, 촛대있는 어린이 추천 도서,
    국립어린이청소년도서관 추천 도서, 학교도서관사서협의회 추천 도서

16. **첫사랑** 김선희 글·마상용 그림

    중앙독서교육 추천 도서, 책교실 권장 도서

17. **힐라볼라 동동동** 신나군 글·김성희 그림

18. **바람을 따라갔어요** 박수현 글·한지선 그림

    아동문학평론가 추천 도서

20. **영모가 사라졌다** 공지희 글·오상 그림

    2003년 제9회 황금도깨비상 수상작, 중앙독서교육 추천 도서, 열린어린이 선정 좋은 어린이책,
    한국출판인회의 선정 도서, 책교실 권장 도서, 문예진흥원 선정 우수문학예술 도서, 쥬니버 오늘의 책,
    한국간행물윤리위원회 추천 도서, 어린이도서연구회 권장 도서, 아침햇살 선정 좋은 어린이책,
    동화읽는가족 추천 도서

21. **무인도로 간 따로별 부족** 오채 글·이덕화 그림

    마해송 문학상 수상 작가, 열린어린이 선정 좋은 어린이책, 아침독서 추천 도서, 문학나눔 우수문학 도서

22. **아빠, 업어 줘** 이옥수 글·오상 그림

    한국출판인회의 선정 도서, 열린어린이 선정 좋은 어린이책, 대산문화재단 아동문학 부문 수상

45. 조선 최고 꾼 김정민 글 · 이영환 그림

황금도깨비상 수상 작가, 아침독서 추천 도서

46. 만길이의 봄 조경숙 글 · 허구 그림

계몽아동문학상 수상 작가, 2007년 한국문화예술위원회 우수문학도서 선정 도서

47. 외톨이 동물원 하야타니 겐지로 글 · 허구 그림/ 햇살과나무꾼 옮김

안데르센상 특별상 수상 작가

48. 건방진 도도 군 강정연 글 · 소윤경 그림

2007년 제13회 황금도깨비상 수상작, 어린이도서연구회 권장 도서, 열린어린이 선정 좋은 어린이책

50. 플로팅 아일랜드 김려령 글 · 이주미 그림

경남독서한마당 선정 도서, 고래가 숨 쉬는 도서관 선정 도서, 국립어린이청소년도서관 추천 도서,
아침독서 추천 도서, 한국출판문화산업진흥원 청소년 권장 도서, 학교도서관사서협의회 추천 도서

51. 담을 넘은 아이 김정민 글 · 이영환 그림

2019년 제25회 황금도깨비상 수상작, 한우리독서운동본부 추천 도서, 문학나눔 우수문학 도서,
아침독서 추천 도서, 강원도진로교육원 추천 도서, 2020 노원구민 한 책 선정 도서, 2021 부천의 책 선정 도서

52. 나는 뻐꾸기다 김혜연 글 · 장연주 그림

2009년 제15회 황금도깨비상 수상작, 경기도학교도서관사서협의회 추천 도서, 아침독서 추천 도서

53. Love That Dog 아주 특별한 시 수업 샤론 크리치 글 · 로트라우트 수잔네 베르너 그림/ 신현림 옮김

뉴베리상, 카네기상 수상 작가, 학교도서관저널 추천 도서

54. 조선특별수사대 1 비밀의 책 목민심서 김해등 글 · 이지은 그림

학교도서관저널 추천 도서

55. 조선특별수사대 2 완성된 문양의 진실 김해등 글 · 이지은 그림

학교도서관저널 추천 도서

56. 맞아 언니 상담소 김혜정 글 · 김민준 그림

블루픽션상 수상 작가, 경기도학교도서관사서협의회 추천 도서, 줏대있는 어린이 추천 도서,
국립어린이청소년도서관 추천 도서, 아침독서 추천 도서, 학교도서관사서협의회 추천 도서,
어린이도서연구회 권장 도서

57. 플루토 비밀결사대 3 한정기 글 · 유기훈 그림

황금도깨비상 수상 작가

58. 나의 수호천사 나무 김혜연 글 · 안은진 그림

황금도깨비상 수상 작가, 세종도서 문학나눔 선정 도서, 학교도서관사서협의회 추천 도서, 아침독서 추천 도서

59. 나는야, 늙은 5학년 조경숙 글 · 정지혜 그림

계몽아동문학상 수상 작가, 아침독서 추천 도서, 한국도서관협회 선정 우수문학도서,
한국아동문학인협회 우수 추천 도서, 학교도서관저널 추천 도서

60. 바꿔! 박상기 글 · 오영은 그림

2017년 제24회 황금도깨비상 수상작, 국립어린이청소년도서관 추천 도서, 아침독서 추천 도서,
경기도학교도서관사서협의회 추천 도서, 2019 서울도서관 한 도서관 한 책 읽기 선정 도서

61. 오늘부터 티볼! 박상기 글 · 송효정 그림

황금도깨비상 수상 작가, 문학나눔 우수문학 도서, 줏대있는 어린이 추천 도서

62. 마지막 이벤트 유은실 글 · 강경수 그림

고래가 숨 쉬는 도서관 선정 도서, 국립어린이청소년도서관 추천 도서, 2012 평택시 올해의 한 책,
어린이도서연구회 권장 도서, 한우리독서운동본부 추천 도서

63. 그림자 동물 우리 오를레브 글·밀카 시지크 그림/한미희 옮김

어린이도서연구회 권장 도서, 중앙독서교육 추천 도서, 책교실 권장 도서, 책따세 추천 도서

65. 말 안 하기 게임 앤드루 클레먼츠 글/이원경 옮김

크리스토퍼상, 에드거상 수상 작가, 학교도서관저널 추천 도서, 한우리독서운동본부 추천 도서,
학교도서관사서협의회 추천 도서

67. 분홍 문의 기적 강정연 글·김정은 그림

황금도깨비상 수상 작가, 국립어린이청소년도서관 추천 도서, 세종도서 문학나눔 선정 도서,
창원아동문학상 수상작, 2018 전남도립도서관 올해의 책, 아침독서 추천 도서, 학교도서관사서협의회 추천 도서,
어린이도서연구회 권장 도서

68. 코끼리 아줌마의 햇살 도서관 김혜연 글·최현묵 그림

황금도깨비상 수상 작가, 학교도서관저널 추천 도서, 한국도서관협회 선정 우수문학도서,
경기도학교도서관사서협의회 추천 도서, 아침독서 추천 도서, 2012 김해의 책 선정 도서,
2015 원주의 책 선정 도서, 열린어린이 선정 좋은 어린이책

69. 엄청나게 시끄러운 폴레케 이야기 1 휘스 카위어 글/김영진 옮김

독일아동청소년문학상, 네덜란드 황금연필상, 독일 룩스상, 린드그렌 문학상 수상 작가,
경기도학교도서관사서협의회 추천 도서, 국립어린이청소년도서관 추천 도서, 열린어린이 선정 좋은 어린이책

70. 엄청나게 시끄러운 폴레케 이야기 2 휘스 카위어 글/김영진 옮김

독일아동청소년문학상, 네덜란드 황금연필상, 독일 룩스상, 린드그렌 문학상 수상 작가,
경기도학교도서관사서협의회 추천 도서, 국립어린이청소년도서관 추천 도서, 열린어린이 선정 좋은 어린이책

71. 빨강 연필 신수현 글·김성희 그림

2011년 제17회 황금도깨비상 수상작, 한국도서관협회 선정 우수문학도서,
한국아동문학인협회·어린이책예술센터 선정 우수추천도서, 경기도학교도서관사서협의회 추천 도서,
아침독서 추천 도서, 2011년 교보문고 매일경제 선정 베스트북, 2012년 화이트 레이븐즈 선정 도서,
2015 5학년 국어교과서 수록 도서

72. 플루토 비밀결사대 4 한정기 글·유기훈 그림

황금도깨비상 수상 작가

73. 슬플 땐 매운 떡볶이 강정연 글·김미희 그림

황금도깨비상 수상 작가, 아침독서 추천 도서, 서울시립어린이도서관 사서 추천 도서

74. 우리 집에 코끼리가 산다 윤해연 글·정진호 그림

비룡소 문학상 수상 작가, 2016 우수 출판콘텐츠 제작 지원 사업 당선작, 학교도서관사서협의회 추천 도서

75. 그 애가 나를 보고 웃다 김리리 글·홍미현 그림

경기도학교도서관사서협의회 추천 도서

77. 말하는 까만 돌 김혜연 글·허구 그림

황금도깨비상 수상 작가, 경기도학교도서관사서협의회 추천 도서, 2013 부천시 한 권의 책 선정 도서,
열린어린이 선정 좋은 어린이책, 한국아동문학인협회 우수추천도서

78. 매리앤의 꿈 캐더린 스터 글·마죠리앤 와츠 그림/햇살과나무꾼 옮김

79. 신통방통 홈쇼핑 이분희 글·이명애 그림

2017년 제24회 황금도깨비상 수상작, 2020 서울시 올해의 한 책, 아침독서 추천 도서

80. 맹꽁이 원정대, 몽골로 가다 김향이 글·신민재 그림

한우리독서운동본부 추천 도서

81. 오아시스 상점의 비밀 이서연 글·서한얼 그림

한우리독서운동본부 추천 도서, 문학나눔 우수문학 도서

82. 생중계, 고래 싸움 정연철 글·윤예지 그림

문학나눔 우수문학 도서

83. 으랏차차 뚱보 클럽 전현정 글·박정섭 그림

2013년 제19회 황금도깨비상 수상작, 2015 광양시 올해의 책, 2016 울산 올해의 책,
조선일보 선정 이달의 어린이책, 경기도학교도서관사서협의회 추천 도서, 문학나눔 우수문학 도서,
한우리독서운동본부 추천 도서

84. 플루토 비밀결사대 5 한정기 글·유기훈 그림

황금도깨비상 수상 작가, 한국어린이출판협의회 초등학교 권장 도서

85. 나는 바람이다 1 김남중 글·강전희 그림

올해의 예술상, 창원 아동문학상 수상 작가, 문학나눔 우수문학 도서, 아침독서 추천 도서,
경기도학교도서관사서협의회 추천 도서, 학교도서관저널 추천 도서, 고래가 숨 쉬는 도서관 선정 도서

86. 나는 바람이다 2 김남중 글·강전희 그림

올해의 예술상, 창원 아동문학상 수상 작가, 문학나눔 우수문학 도서, 아침독서 추천 도서,
경기도학교도서관사서협의회 추천 도서, 학교도서관저널 추천 도서, 고래가 숨 쉬는 도서관 선정 도서

87. 왕도둑 호첸플로츠 오트프리트 프로이슬러 글·요제프 트립 그림/ 김경연 옮김

안데르센상 수상 작가, 책교실 권장 도서, 한우리독서운동본부 추천 도서, 어린이도서연구회 권장 도서

88. 호첸플로츠 다시 나타나다! 오트프리트 프로이슬러 글·요제프 트립 그림/김경연 옮김

안데르센상 수상 작가, 책교실 권장 도서, 한우리독서운동본부 추천 도서, 어린이도서연구회 권장 도서

89. 호첸플로츠 또 다시 나타나다!! 오트프리트 프로이슬러 글·요제프 트립 그림/김경연 옮김

안데르센상 수상 작가, 책교실 권장 도서, 한우리독서운동본부 추천 도서, 어린이도서연구회 권장 도서

90. 슈퍼 아이돌 오두리 이송현 글·정혜경 그림

마해송 문학상, 사계절 문학상 수상 작가, 국립어린이청소년도서관 추천 도서, 아침독서 추천 도서

91. 일수의 탄생 유은실 글·서현 그림

한국어린이도서상, IBBY어너리스트 수상 작가, 경기도학교도서관사서협의회 추천 도서,
세종도서 문학나눔 선정 도서, 양주의 책(한 도시 한 책 사업), 한국어린이출판협의회 신간 추천,
한국어린이출판협의회 초등학교 권장 도서, 한국출판문화산업진흥원 청소년 권장 도서,
국립어린이청소년도서관 추천 도서, 세종도서 문학나눔 선정 도서, 아침독서 추천 도서

92. 천문대 골목의 비밀 조경숙 글·전금하 그림

계몽아동문학상 수상 작가, 서울시 교육청 어린이도서관 추천 도서, 학교도서관저널 추천 도서,
세종도서 문학나눔 선정 도서, 문학나눔 우수문학 도서, 아침독서 추천 도서

94. 어느 날 구두에게 생긴 일 황선미 글·신지수 그림

국립어린이청소년도서관 추천 도서, 아침독서 추천 도서, 2015 김해의 책(한 도시 한 책 사업),
소천아동문학상, 2017 인천 계양구 올해의 책, 한우리독서운동본부 추천 도서

95. 컬러 보이 손서은 글·소윤경 그림

학교도서관저널 추천 도서

96. 나는 바람이다 3 김남중 글·강전희 그림

학교도서관저널 선정 '올해의 어린이책', 고래가 숨 쉬는 도서관 선정 도서

97. 나는 바람이다 4 김남중 글·강전희 그림

학교도서관저널 선정 '올해의 어린이책', 고래가 숨 쉬는 도서관 선정 도서

98. 나는 바람이다 5 김남중 글·강전희 그림

학교도서관저널 선정 '올해의 어린이책', 고래가 숨 쉬는 도서관 선정 도서